L'alliance des temps

Tome I

La cité d'Asdebaro

Anthony Biello

L'alliance des temps

Tome I

La cité d'Asdebaro

Roman

LE LYS BLEU
ÉDITIONS

ISBN : 979-10-377-6942-8

À mon père, pour m'avoir montré comment avoir la tête dans les nuages.

À ma mère pour avoir su me garder les pieds sur terre.

I

Tony marchait d'un pas vif, grand, brun, une barbe de 5 jours, l'air plutôt bourru et renfrogné. Vêtu d'une chemise à rayures blanches et noires, d'une cravate rouge, d'un long manteau beige qui lui descendait jusqu'aux chevilles ainsi qu'un pantalon à pinces noir, il se rendait à une première au sein de la M.S.I

« Maison Scientifique Internationale ».

Les pays du monde entier avaient conclu un accord commun : mettre au service de l'Humanité, leurs avancées scientifiques et technologiques, à la suite de la Guerre Planétaire de 2028.

Notre planète avait failli basculer dans le chaos après l'explosion de bombes nucléaires à travers le monde.

Il avait été journaliste d'investigation pour l'armée dans les zones de conflits un peu partout sur la terre, mais cela ne fut pas sans conséquences. Alors qu'il menait une enquête, il fut piégé, immobilisé sur une mine.

Tony dut rester debout sans faire le moindre mouvement pendant presque 26 heures.

L'équipe de déminage avait fait tout son possible, d'ailleurs s'il était encore en vie, c'était grâce à elle. Dans cet accident, il perdit une grande partie de ses facultés visuelles et auditives. Bien qu'elle ait réussi à le tirer d'affaire, la mine explosa quand même. Son casque de protection fut arraché, projeté par la détonation. Sa tête heurta violemment le sol et les débris de l'explosion firent le reste.

En 2121, l'Humanité avait déclaré l'optimisation corporelle par implant bionique et technologique interdite, sauf pour les cas médicaux où le pronostic vital était engagé. Ce fut le cas pour Tony, on lui greffa « BLOC ».

Cette technologie remplaça tout son œil droit ainsi que son système auditif interne, le tout greffé au cerveau. Comme il bénéficiait du soutien de l'armée, les chercheurs militaires l'avaient optimisé afin qu'il puisse continuer son travail d'investigation sur le terrain. Ils lui avaient même installé une unité de stockage et quelques logiciels espions, le tout sous forme de nanotechnologie.

Ils y ajoutèrent un programme qui avait pour fonction de déceler les humeurs et les angoisses de ses interlocuteurs, grâce à un capteur sensoriel intégré, parfait et plus qu'utile dans son métier.

Pour télécharger le contenu, il lui suffisait de regarder un scan qui le décryptait immédiatement.

Étant un travailleur solitaire, cet appareil était parfait pour lui, plus besoin d'un partenaire. Mais le traumatisme de l'accident le hantait et les psychologues le déclarèrent inapte au terrain. Il fut donc renvoyé à la vie civile. Tony trouva alors un petit boulot au journal assez facilement grâce à son curriculum vitae.

Il arriva enfin à son lieu de rendez-vous : un bâtiment immense. L'ensemble donnait une impression d'enchevêtrement de lignes blanches, droites, aléatoires, sur une feuille de papier noire.

Tony connaissait bien le lieu, mais l'usage voulait qu'il passe par la réception pour noter son nom dans le registre. C'était un des rares bâtiments à utiliser encore un livre. En effet, les livres avaient été remplacés par des tablettes tactiles à la fin du XXIe siècle, l'une des nombreuses mesures prises dans l'espoir de ralentir les déforestations.

Et puis pourquoi continuer à garder quelque chose qui prenait de la place chez soi, quand on pouvait avoir toute une bibliothèque sur une simple unité de stockage ?

La réceptionniste lui indiqua la salle F421. Tony fut surpris, car d'ordinaire les expériences auxquelles il assistait se tenaient dans les étages. Or, les lettres inscrites devant les numéros indiquaient les salles en sous-sol, placées sous un degré de sécurité variable en fonction du niveau : A premier niveau, B deuxième niveau et ainsi de suite. Les salles situées au niveau F faisaient l'objet du plus haut degré de sécurité dans cet institut.

Alors, pourquoi y faire une conférence de presse avec des centaines de journalistes ?

Son cœur se mit à battre, des centaines de questions arrivaient en masse dans son esprit et avec elles, le désir de trouver des réponses.

La réceptionniste le sortit de ses songes en lui tendant un badge et une clé.

— Une clé ? demanda Tony en tendant la main.

— Quatrième ascenseur au fond de la salle, 5e étage puis sortez, allez sur votre gauche, prenez l'ascenseur en face de vous et entrez la clé dans le boîtier, tournez la clé de ¼ de tour à gauche puis 1 tour à droite. Il vous mènera directement à votre destination.

Tony arriva devant l'ascenseur du 5e étage, le cœur battant. Il mit la clé dans la serrure, ¼ de tour à gauche puis 1 tour à droite. Les portes s'ouvrirent. C'était un ascenseur banal, mais il remarqua qu'il n'y avait aucun bouton. Les portes se refermèrent en le plongeant dans une étrange ambiance vert pâle.

Lorsqu'elles s'ouvrirent, il se retrouva dans un long couloir sombre avec au bout une porte à deux battants. En entrant, il fit face à une horde de journalistes, se bousculant dans tous les sens, se disputant les meilleures places. Des hurlements de rage parvenaient jusqu'à ses oreilles, ils auraient pu se battre, il dut par trois fois utiliser ses réflexes afin de ne pas prendre un mauvais coup. Il savait par expérience que cela ne servait à rien de se trouver parmi les premiers rangs, surtout qu'avec « BLOC », il pouvait facilement faire les mises au point. Il se dirigea sur la droite de la salle afin de trouver une place dans cet endroit gigantesque, bien qu'il ne puisse voir devant lui à cause de l'attroupement. Ce qui l'ennuyait, c'était l'absence de lumière. Seuls quelques néons éclairaient l'espace, ce qui rendait l'endroit assez lugubre. C'était un vrai capharnaüm, sur sa droite, un des journalistes tomba par terre, juste à ses pieds. Il longea un mur en se guidant avec ses mains pour éviter toutes mauvaises rencontres. Il ne distinguait toujours rien, que des bras en l'air, des cris, des carnets qui volaient. Soudain, avec sa main droite, Tony sentit quelque chose, il était arrivé au bout de la pièce. Le journaliste chercha s'il pouvait continuer sa progression.

Du mobilier avait été aligné et collé contre le mur pour libérer de l'espace dans la salle. Pas moyen d'avancer davantage, Tony regarda autour de lui, plus d'issue.

Il lui vint une idée, il se mit à quatre pattes et passa discrètement sous les meubles. Il ne voulait pas inciter les autres à faire comme lui.

Le journaliste avait l'impression de refaire le parcours du combattant : il devait ramper, s'agenouiller, se créer un passage. Cela lui sembla interminable. Cette pièce devait être bien plus grande que dans son imagination. Il ne savait plus très bien combien de bureaux il avait enjambé. Il était en sueur, ses coudes, ses mains, ses genoux étaient endoloris. Lorsqu'il leva la tête, il put enfin se redresser péniblement. Le souffle court, il contempla enfin ce qu'abritait cette salle.

Le visage de Tony n'était plus que deux grands yeux ébahis sous un front luisant de transpiration.

— Je viens de traverser la moitié de la ville, tous les étages de la M.S.I, des fauves en délires et un véritable parcours du combattant pour ça ? se dit-il perplexe.

II

Un homme de petite taille courait, il semblait nerveux et transpirait beaucoup. Il était vêtu d'une blouse blanche qui volait derrière lui sous l'effet de la vitesse et hurlait à pleine voix :

— C'est fantastique, incroyable, Dr Belloch, Dr Belloch !

Tout en hurlant, il bifurqua à gauche puis à droite en s'agrippant aux coins des murs blancs et lisses pour ne pas tomber sous l'effet de son sprint.

— Dr Belloch ! cria-t-il. Ça y est nous avons réussi ! cria-t-il en frôlant la chute.

Il arriva devant une porte qui s'ouvrit d'un coup. Un homme sortit de la pièce l'air euphorique. Il était grand, brun, c'était un homme plutôt charmant, une légère barbe naissante et un physique athlétique, grâce à ses nombreuses années au sein de l'équipe de rugby de la ville. Il portait des lunettes fines et rondes, on pouvait lire dans ses yeux que la science avait toujours fait partie de sa vie.

— Alors ? demanda le Dr Belloch, en remontant ses lunettes avec son index droit.

— Vous aviez raison ! Vos calculs sont corrects, l'équipe d'ingénieurs et moi-même avons vérifié une centaine de fois, dit le pauvre homme, à bout de souffle.

Un large sourire se dessina sur le visage du docteur.

— Eh bien, c'était moins une ! s'exclama-t-il. Pourquoi faut-il toujours que vous attendiez la dernière minute ? Je fonce à l'expo pour entrer les données.

— Mais les journalistes sont déjà là ! n'en pouvant plus il s'appuyait maintenant contre le mur des deux mains, la tête en bas, essayant de trouver son second souffle.

Le Docteur n'avait pas écouté, il l'avait déjà abandonné sur place.

— Au fait ? dit-il tout en se retournant. Vous devriez peut-être allez boire un peu d'eau…

Puis il éclata de rire et continua son chemin.

Le docteur Belloch n'était pas quelqu'un qui avait le sourire facile, mais là, c'était plus fort que lui. Des années de recherches, des centaines de nuits blanches et enfin il touchait au but. Son rêve allait se réaliser.

Il arpentait les couloirs, dans ses pensées, le sourire aux lèvres. Il repensa à cette guerre incessante, entre lui et les dirigeants de la M.S.I. Pour avoir des subventions, cette date butoir qui lui avait été imposée, pouvoir monter tout une équipe de recherche, dédiée exclusivement à ses travaux.

Enfin, cette guerre allait se terminer, enfin il allait changer le cours de l'histoire…

Il pénétra dans son bureau, il y régnait un tel désordre qu'on ne pouvait le traverser sans en connaître le chemin secret parmi ce qui gisait au sol.

Des piles de papier frôlaient le plafond, à cela s'ajoutaient des objets insolites posés au sol, tous plus étranges les uns que les autres. Aux murs, plusieurs affiches de constellations étaient accrochées, ce qui rendait le bureau assez lugubre. Une simple lampe était posée sur son bureau dont il était très fier. En effet, il était l'un des rares à avoir le privilège de posséder un bureau en bois, une matière bien rare au XXIIe siècle.

Le bois avait disparu fin du XXIe siècle. Malheureusement, les demandes incessantes de la civilisation n'avait fait qu'aggraver les déforestations mondiales. À cause de cela, on avait dû trouver une solution pour purifier l'atmosphère et gérer l'oxygène et bien entendu le CO_2. Ils étaient fabriqués, gérés et contrôlés par de grandes centrales enfouies sous les montagnes, situées principalement dans la cordillère des Andes, les Alpes et l'Himalaya. Trois points stratégiques nécessaires afin que la planète puisse continuer à abriter la vie.

Seuls les musées ou les grandes bibliothèques pouvaient prétendre posséder du bois.

Il ouvrit le troisième tiroir et en tira un petit boîtier noir. Il passa le doigt dessus et aussitôt celui-ci s'éclaira puis s'ouvrit. L'objet se composait de deux écrans sur lesquels il tapota à vive allure. Le Docteur entrait toutes les nouvelles données, il vérifia trois fois le nouveau contenu, puis repassa le doigt sur le petit boîtier qui s'éteignit aussitôt.

Il le fit pivoter entre ses mains de façon à avoir l'écran du dessus en bas, puis il retira délicatement un film transparent qui était sur l'écran. C'était l'unité de stockage, un prototype sur lequel il travaillait depuis plusieurs années : garder sur un film protecteur n'importe quelles données et pouvoir les matérialiser de façon holographique. Pour l'instant, il avait juste réussi à créer une unité de stockage, mais il ne désespérait pas de voir un jour son prototype aboutir.

Une fois la carte mémoire rangée dans son bureau bien à l'abri, il sortit de son antre, toujours surexcité et bouillant d'impatience. Il renversa sur son passage plusieurs piles de dossiers tout en butant sur les gadgets au sol. Il claqua la porte de son bureau et partit à vive allure.

La salle d'exposition n'était pas très loin, en courant il lui faudrait une trentaine de secondes. Il tourna à gauche puis à droite, il ne restait plus qu'un long couloir qui le séparait de sa destination. Il se mit alors à sprinter quand soudain :

— Hey Gregory ! lança une voie derrière lui.

Le Docteur s'arrêta net, puis se retourna. Une femme arriva à sa hauteur en courant : c'était son assistante.

Il s'agissait d'une jeune femme brune, les cheveux longs tombant en cascade sur ses épaules, le regard sévère, les yeux vert émeraude, avec une magnifique forme en amande, les lèvres pulpeuses accompagnées d'un sourire éclatant. Elle était aussi tenace qu'intelligente et n'hésitait pas à dire le fond de ses pensées.

C'était l'une des rares personnes à l'appeler par son prénom, car ils avaient été intimes quelques années auparavant.

C'était la plus charmante femme qu'il ait jamais connue.

Leur relation avait suivi un chemin étrange. Ils avaient passé environ trois ans ensemble.

Tous deux passionnés par leur profession, ils collaboraient sur le même projet, Gregory trouvait dans cette situation certains avantages, notamment liés à l'absence à la maison.

Toutefois, leur relation n'avait pas duré et ils avaient rompu peu de temps avant le début de cette expérience, séparés depuis presque cinq ans, ils restaient très proches l'un de l'autre. Bien sûr, ils savaient tous deux que la vie continuait, mais ils préféraient ne pas en parler.

Leurs discussions étaient pour la plupart du temps focalisées sur le travail. Les rares occasions où ils échangeaient sur leur vie privée étaient généralement suivies de blancs, aucun d'eux n'osant rompre le silence.

Gregory ne savait pas pourquoi ils réagissaient comme ça, mais il préférait ne rien dire plutôt que de créer un malaise potentiel. Ce qui était sûr, c'est qu'il pouvait compter sur elle à n'importe quel moment et il tâchait de lui rendre la pareille.

— Jennifer, que fais-tu là ? demanda-t-il à son tour.

— Tu ne pensais tout de même pas y aller seul ? J'ai vu Clapin qui était à bout de souffle. Il m'a dit pour les résultats, mais également que tu allais les programmer dans « le Nautilus », donc me voilà.

— Merci c'est gentil…

— Tu t'imaginais que j'allais te laisser gérer les journalistes tout seul ? Je sais que tu n'es pas très à l'aise avec eux. Elle lui fit un grand sourire et ouvrit la marche.

Les journalistes ! Dans l'euphorie, il les avait complètement oubliés. Son ventre se noua aussitôt, oui heureusement que Jen était là.

Ils se tenaient tous deux devant la porte.

— Prêt ? demanda Jen, avec un léger sourire.

— Non ! répondit Gregory et il ouvrit la porte.

III

Tony resta bouche bée devant le spectacle qui s'offrait à lui. C'était tout simplement stupéfiant !

Devant lui, à quelques mètres, une balustrade s'étendait sur toute la largeur de la salle, puis de l'autre côté, plus rien, le vide. Il s'approcha du bord pour mieux voir. Soudain, un léger vertige le prit car il ne pouvait distinguer le fond – sûrement dû au manque d'éclairage se dit-il.

Il parcourut du regard la pièce, jamais il n'aurait pensé que les sous-sols de la M.S.I pouvaient abriter un si grand espace. Elle devait faire environ cent mètres sur cent. Son regard s'arrêta sur une immense silhouette noire, en plein milieu. Les néons n'allaient pas jusque-là. De ce fait, il était très difficile pour Tony de distinguer ce que cela pouvait être.

Mais une chose était sûre, ce truc était ce pour quoi ils étaient tous là. Il comprenait maintenant pourquoi il y avait tant d'agitation parmi ses confrères. Ils voulaient tous savoir et comprendre ce qu'on leur avait mis devant les yeux.

Il régnait dans la salle une étrange atmosphère à la fois électrisante et terrifiante. Un faible éclairage blanc verdâtre, des cris, de l'agitation et devant, dans la pénombre, une silhouette fixe comme si elle attendait son heure pour se dévoiler. Impossible de définir sa taille réelle.

Parmi les journalistes, il pouvait entendre les rumeurs les plus folles. Il ne distinguait que quelques mots, mais cela suffisait pour qu'il comprenne de quoi ils parlaient.

— On vient de m'informer que c'était un nouveau prototype de générateur d'air ! balança un des journalistes

Un autre :

— Non c'est une nouvelle foreuse pour les mines de Xynacks !

— N'importe quoi ! marmonna Tony.

Très peu de gens savaient que les mines étaient fermées depuis bientôt trois ans. En effet, il avait écrit un article dessus : un de ses informateurs lui avait dit que les mines de Xynacks avaient fermé, car les carrières étaient épuisées.

Cette roche avait été découverte en 2103 par Iron Xynacks, cette découverte était d'une telle importance qu'on lui avait donné son nom.

Cette roche avait plusieurs caractéristiques : elle possédait des vertus pharmaceutiques, elle pouvait être changée en combustible non polluant et certains de ses composants étaient utilisés pour les filtres dans les stations d'épuration. Seulement, pour y accéder, il était nécessaire de réaliser des forages à des kilomètres sous la surface de la terre.

Depuis plus de soixante ans maintenant, cette roche avait révolutionné les marchés mondiaux.

Voilà pourquoi son article avait été refusé, il ne fallait surtout pas ébruiter une telle information.

Un autre journaliste le tira de son rêve :

— C'est un nouveau prototype d'avion-drone pour l'armée ! intervint un petit journaliste debout au premier rang.

Tony retint un éclat de rire, mais d'où sortait-il celui-là ? Jamais la M.S.I n'avait travaillé avec ou pour l'armée. Elle était totalement indépendante. En effet, la politique des scientifiques fondateurs de l'époque était très simple : œuvrer pour le bien commun en toute transparence. Les donateurs ou partenaires ne pouvaient être anonymes et chaque dossier était consciemment étudié, dans le but d'écarter les mauvaises intentions ou personnes qui auraient pu en tirer un profit personnel.

Soudain, une lumière au loin apparut puis une rampe d'accès se dessina, toujours dans cet étrange vert pâle. On distingua deux silhouettes qui marchaient d'un pas vif tout en suivant le sentier vert qui les mena à droite de la masse noire.

Tony fut surpris par le silence qui régnait désormais.

Tous attendaient les yeux grands ouverts que l'on veuille bien enfin leur montrer pourquoi ils étaient là !

Soudain, une voix claire et omniprésente se fit entendre :

— Lumière ! ordonna-t-elle.

Le journaliste ne put s'empêcher de retenir son souffle. Petit à petit, les lumières s'allumèrent et la salle prit vie. Étant accoudé au garde-corps, Tony dut reculer à cause du vertige. La salle était beaucoup plus profonde qu'il ne le pensait et quand il redressa la tête pour regarder à nouveau, il resta ébaubi.

Une passerelle s'avançait au-dessus du vide et s'arrêtait en plein milieu de la salle. Il comprenait à présent ce qu'était cette immense masse sombre : rien de plus qu'un rideau noir cachant l'extrémité de la passerelle.

Il vit un homme passer sous le rideau, le silence régnait à présent dans la salle. L'autre personne, une femme aux cheveux noirs, se dirigeait vers un pupitre juste devant le rideau, au bord du vide. Elle tapota de la main droite sur un petit clavier de contrôle puis se retourna vers le rideau, sûrement pour demander des instructions à son collègue.

Tony la vit agiter la tête puis revenir devant son pupitre :

— Mesdames et Messieurs… dit-elle d'une voix qui résonna dans toute la pièce.

— Merci d'être venus. Sans plus attendre, je vous présente

« Le NAUTILUS » et à son bord son créateur le Dr Belloch.

Elle cliqua sur un bouton et le rideau se souleva.

Tony mit « BLOC » en marche d'un petit battement de cils.

— Mais qu'est-ce que c'est ? lâcha-t-il.

IV

L'effet désiré par Jennifer avait porté ses fruits. Elle avait mis les bonnes intonations où il fallait.

Aussitôt, les journalistes qu'elle avait conviés quelques semaines auparavant se mirent à hurler et poser des questions dans tous les sens :

— Mute, dit calmement la scientifique, par ce simple ordre, elle avait fait en sorte de ne plus entendre le brouhaha. Maintenant il n'y avait plus qu'un spectacle de mimes déchaînés devant elle, plus un bruit.

Ils mirent un certain temps à comprendre que hurler ne servirait plus. Elle remarqua cependant un homme qui tenait un long manteau beige à la main légèrement à l'écart. Elle ne distingua pas son visage, mais elle pouvait voir que ce monsieur avait un étrange tic nerveux à la tête.

Attendant pour reprendre devant son auditoire, elle demanda à Gregory :

— Alors que disent ces nouvelles données ?

— Et bien… si j'en crois l'écran devant moi, attends-toi à voir quelque chose qui décoiffe !

On pouvait sentir l'excitation dans sa voix.

— Tu veux que je fasse les présentations ?

— Tu es sûr que ça va aller ? demanda-t-il anxieux, parler devant une foule le rendait très nerveux.

— J'espère que tu plaisantes ! répondit-elle vexée. Cela fait cinq ans que je suis tous tes travaux, que je relie tes calculs, tes théories et c'est comme ça que tu as confiance en la seule personne qui t'a épaulé ?

— Je sais maintenant que tu es prête, dit-il avec un léger rictus. Mais essaye de faire sobre d'accord, juste au cas où…

— HEY ! Tu me connais ! répondit-elle dans un grand sourire.

— Oui… justement, marmonna-t-il pour lui.

Gregory repartit dans ses calculs. Il regardait intensément les écrans en face de lui, essayant de ne rien laisser au hasard, revérifiant encore et encore, inlassablement, les mêmes lignes de données. Il entendait à peine ce que disait Jennifer. Pourtant lorsqu'il entendit son nom, il tourna la tête :

— Je vous présente « le Nautilus » et à son bord le Docteur Gregory Belloch… Mesdames et Messieurs, vous êtes ici au sein de la M.S.I, pour être témoin d'une avancée majeure dans notre histoire. Elle marqua une pause puis reprit :

— N'est-ce pas là ce qui caractérise le mieux notre espèce ? N'est-ce pas là ce qui fait de nous des humains ? La recherche de réponse à cette éternelle question POURQUOI ? L'homme a toujours été curieux de nature : de l'invention de la roue à la science moderne, l'homme n'a jamais cessé d'inventer, d'innover, d'améliorer encore et encore depuis la nuit des temps. Mais l'espèce humaine a fait des erreurs au cours des siècles, que ces erreurs soient intentionnelles ou accidentelles notre parcours est jonché de fausses notes.

Gregory la regardait rempli d'admiration. Comment faisait-elle pour avoir cette assurance devant tant de personnes ?

Cependant, il trouvait qu'elle jouait un peu trop la carte de la théâtralité.

Jennifer s'était mise à faire les cent pas avec une gestuelle emphatique, comme si son discours prenait le dessus sur elle :

— Imaginez maintenant, rien qu'une seconde, qu'il soit possible… rien qu'un instant… de revenir sur toutes ces erreurs, ou encore d'empêcher qu'elles ne surviennent avant même d'y avoir pensé et ainsi améliorer l'après…

Elle reprit son souffle et regarda Gregory un instant qui lui rendit son regard avec un hochement de tête d'encouragement :

— Mesdames et Messieurs, vous avez en face de vous… À ces mots, elle pouvait voir l'intérêt des journalistes décuplé. Ils buvaient ses paroles la bouche ouverte.

— La Machine à voyager dans le temps du Docteur Belloch : « LE NAUTILUS ».

Une fois le nom de la machine prononcé, absolument toutes les lumières de la salle s'allumèrent les unes après les autres, comme si la salle jouait le jeu.

Jennifer observa l'assistance et les réactions ne se firent pas attendre. De la stupéfaction, voilà tout ce qu'elle voyait. « C'est gagné », se dit-elle. Elle rejoignit le Docteur :

— Alors ? J'ai été comment ? dit-elle radieuse.

— Eh bien, je dirais qu'il va être… compliqué de passer après ça.

— Écoute si ça peut t'aider et te rassurer, dis-leur juste quelques mots, fais la démo et on expliquera ensemble après, ça te convient ?

— Mais si ça échoue ? dit-il la mine basse.

— Allez, change-toi ! l'encouragea Jen.

V

Tony n'arrêtait pas de faire des gros plans, des clichés, des enregistrements de toutes sortes, il avait eu la totalité du discours, « BLOC » était à fond. La machine qu'il avait devant lui était stupéfiante. Elle se composait d'un siège central, avec des écrans au niveau de l'appui-tête, mais aussi des leviers de chaque côté. Un grand clavier de verre en forme d'arc de cercle était placé devant le passager. Il avait vu le fameux Docteur Belloch taper à toute vitesse dessus. BLOC indiquait que son état d'anxiété était à son paroxysme.

Soudain, il vit les deux protagonistes se retourner et leur faire face. La jeune femme s'écarta et revint au pupitre. Cette fois, on put entendre la voix d'un homme :

— Mesdames et Messieurs… Compte à rebours 2 min !

Tout à coup, les équipes de sécurité firent leur apparition puis toutes les lumières de la salle s'éteignirent, exceptées celles qui éclairaient la machine.

« Quoi ? comme ça ? C'est tout ? » pensa le journaliste.

Tony pouvait voir que le Docteur changeait de veste. Il mit un petit blouson beige en cuir pour remplacer sa blouse de travail, tapa sur son clavier, puis tira sur un des leviers situés à sa gauche. Un bruit sourd se fit entendre et neuf énormes disques dissimulés dans l'ombre, que personne n'avait remarqué se mirent en branle, allant de haut en bas pour ceux qui étaient le plus proches du siège central et pour les cinq disques extérieurs, des mouvements circulaires qui paraissaient aléatoires avec des rythmes de rotations différents. Le plus gros disque, qui se situait à l'extérieur était le plus lent. BLOC avait fort à faire, Tony ne voulait rien louper même s'il ne comprenait pas bien ce qui était en train de se passer. Les anneaux en mouvement commençaient à brasser l'air. Pour l'instant, leur vitesse ne variait pas :

— Mesdames et messieurs, bonjour, dit le Docteur Belloch. Merci à tous d'être venus. Nous allons commencer par une démonstration.

Ensuite, je vous promets de répondre à toutes vos questions. Imaginez que cela tourne mal...

« Eh bien… se dit Tony, voilà un trait d'humour bien mal choisi, car si effectivement cela ne fonctionne pas, dès demain, une centaine d'articles seront publiés et pas sûr que le Docteur Belloch puisse s'en remettre. »

— Aimant les chiffres ronds et surtout pour ne pas risquer de me voir avec quelques années de plus ou de me retrouver en deux exemplaires au même moment dans un même endroit - ce qui pourrait créer une véritable catastrophe - j'ai choisi de partir en l'an 3000. Selon nos prévisions, tout porte à croire qu'un véritable nouveau jardin d'Eden existera à l'endroit même où nous sommes et je veux y croire. Je veux croire que la mission de la M.S.I aura réussi. Par conséquent, ce bâtiment n'existera plus et l'endroit sera propice à mon arrivée, imaginez si j'atterrissais dans un mur…

Avec « BLOC », Tony pouvait voir que le docteur était en état de stress total ; sûrement que ses petits traits d'humour l'aidaient. Toutefois, Tony ne savait pas s'il devait prendre cela au sérieux. On se serait cru dans un mauvais film du début du XXIe siècle. Il laissa quand même BLOC fonctionner, baissa le menton et fit quelques plans larges.

« L'an 3000…, se dit-il, l'histoire de l'Humanité va peut-être changer à tout jamais ».

VI

— C'était obligé l'humour ? demanda Jen.

— J'ai voulu détendre l'atmosphère… et surtout moi, répondit le chercheur avec une intonation qui révélait toute la nervosité du moment.

— Greg, tu es l'homme le plus brillant que je connaisse, tes calculs fonctionnent ! Alors, sois positif et s'il te plaît… Elle marqua une pause, comme si l'enjeu de la situation avait soudainement refait surface :

— Reviens-moi en entier ! dit-elle le regard noir.

Greg lui prit les mains et les serra fort contre lui :

— C'est parti !

Assis devant ses écrans, Greg tapait sur le clavier à toute vitesse. Le flux de données était tel qu'il ne pouvait à aucun moment détourner le regard.

Le moment est enfin venu, se dit-il. La nervosité commençait à le gagner au fur et à mesure que le temps passait, il sentait la transpiration couler le long de son dos.

Il entra les dernières lignes de codes, puis il appuya sur une touche, c'est alors que les écrans holographiques disparurent instantanément. Presque aussitôt, les anneaux qui n'avaient pas cessé leur danse se mirent à accélérer, mais au lieu d'avoir un mouvement bien circulaire, les cinq anneaux extérieurs commençaient à prendre des trajectoires différentes.

— Mesdames et Messieurs, si mes calculs et prévisions sont exacts, les anneaux que vous voyez ici vont commencer à gagner en vitesse jusqu'à former une sphère.

Plus les explications avançaient, plus les disques commençaient à créer de forts courants d'air.

— Je devrais alors me retrouver moi-même à l'intérieur et à partir de ce moment, mon voyage pourra commencer…

Jen était restée à son pupitre, mais ne le quittait pas des yeux. La nervosité l'avait aussi gagnée ; on pouvait voir ses phalanges devenir blanches tellement elle serrait fort ses poings.

Greg parvenait encore un peu à la distinguer entre les interstices des anneaux en mouvements. Il lui fit un clin d'œil qu'elle lui rendit par un magnifique sourire.

Plus que quelques secondes quand soudain, plus un bruit, plus une lumière, plus rien. Greg savait, grâce à ses nombreuses tentatives que cela se produirait. Le mouvement des anneaux avait été étudié justement pour provoquer ce cocon. Le néon de son siège s'alluma, le Docteur pouvait maintenant commencer. Il se remémora les étapes et respecta scrupuleusement leur ordre.

Étape 1 : Vérification de la vitesse / addition 9 Anneaux : 299491287 m/s. Chaque anneau faisait 1/9 de la vitesse requise. Malgré tous ses efforts pensa-t-il, il n'était jamais arrivé jusqu'à la vitesse de la lumière, même avec les anneaux à plein régime, il lui manquait toujours 301171 m/s pour atteindre la vitesse de la lumière. Mais cela suffisait pour obtenir la forme sphérique à la paroi lisse nécessaire.

Étape 2 : Lancement 0° K. Cette partie est particulièrement dangereuse, se dit le Docteur. En effet, il fallait se rapprocher du zéro absolu, -273,15 °C, la température la plus basse permise par les lois de la physique qui régissent notre univers, car à cette température, la structure atomique de la matière n'est plus en mouvement. Tous les systèmes de la machine avaient été calculés et assemblés en fonction de la supraconductivité et superfluidité.

Greg regarda à droite et à gauche, il pouvait commencer à voir les éléments de sa machine devenir blancs sous l'effet du froid. Pas d'alerte sur son écran de contrôle, les anneaux faisaient leur travail. À la fois, créer la sphère de voyage temporel à une température avoisinant le zéro absolu, à une vitesse proche de celle de la lumière.

C'étaient ces conditions qui permettaient, en partie, de moduler le temps.

Greg continuait de regarder descendre la température.

-71,87 °C. Le Nautilus ne manifestait aucun signe de perturbation.

-127,65 °C.

Etape 3 : Fusion Nautilus/Passager. Greg enfila un casque qui lui permettait de relier ses ondes cérébrales, son cortex ainsi que ses pensées au Nautilus.

— Bonjour Docteur, dit une voix familière. Il avait donné à l'Intelligence Artificielle du vaisseau la voix de Jen, sans doute pour se rassurer.

Il lui suffisait de communiquer par la pensée et ainsi, gérer instantanément toutes les éventualités possibles :

— Bonjour, répondit-il en ajustant les sangles de son siège.

— Cette fois, nous partons ? demanda-t-elle sur un ton enjoué.

— Cela dépend de toi, on dirait…

— Si c'est un reproche pour toutes vos autres tentatives, j'ai le regret de vous dire que je n'y suis pour rien…

JenIA avait l'air un peu vexée, à chaque fois vos calculs ainsi que vos ondes cérébrales n'étaient pas en accord…

— Tu seras ravie d'apprendre que cette fois on a pu les vérifier et qu'ils sont exacts.

-165,87 °C.

— Il y a du progrès Docteur, mais vous savez pertinemment que si vos ondes cérébrales ne sont pas dans l'alignement exact cela sera encore un échec.

— Merci pour ton optimisme ! soupira Greg, concentré sur la suite de la procédure.

-196,76 °C

— Attention Docteur, êtes-vous prêt pour l'activation de la phase finale ?

— Allons-y comme d'habitude.

— Lancement de la phase finale, synchronisation Nautilus/ondes cérébrales du Voyageur…

Quelques secondes de silence puis JenIA revint :

— À quelle vitesse commençons-nous la synchronisation de vos ondes cérébrales ? reprit-elle.

— Ce n'est plus un galop d'essai, vitesse max s'il te plaît, répondit Greg déterminé.

-253,34 °C

— 2x2 ? commença JenIA.

— 4, répondit immédiatement Greg

— 9x7 ?

— 63 !

— 12 x 17 ? accéléra JenIA.

— 204 !

— 18 x 43 ?

— 774 ! répondit Greg concentré.

— 885^2 ?

— 783225 !

— (Ar) $3d104s^2$?

— Zinc ! Toujours sans aucune hésitation.

— (xe) $4f14sd106s^26p^2$?

— Plomb !

— (rn) $5f146d^27s^2$?

— Rutherfordium ! répondit Greg de plus en plus vite.

— H (t) Y (t)) = ih d/dt Y (t)) ?

— Équation de Schrödinger ! dit-il au maximum de sa concentration.

-261,56 °C affiché sur l'écran holographique.

— Vitesse de la lumière ? questionna l'IA toujours sur le même ton.

— 299792458 m/s.

— Destination ?

— L'an 3000 !

-272,00 °C sur l'écran.

— Température 0,0K, OK, Synchronisation des ondes cérébrales OK, Nautilus OK. Destination…

Greg redoutait ce moment, d'habitude cela échouait toujours à ce niveau.

— OK… Bon voyage Docteur.

VII

Tony était très attentif, il ne voulait pas en perdre une seule miette. Il vit le Docteur pianoter frénétiquement.

Puis d'un seul coup, les cinq grands anneaux se mirent à accélérer de plus en plus vite. Il vit la femme s'éloigner par le même chemin qu'ils avaient emprunté à leur arrivée. La vélocité et le mouvement commençaient à faire beaucoup de vent, énormément de vent. Tony était maintenant obligé de se tenir à la rampe tellement les courants d'air étaient importants. Il n'osa pas regarder ses confrères derrière lui. Il comprenait pourquoi maintenant ils avaient choisi un si grand espace.

Devant lui à présent, au-dessus du vide, une sphère blanche géante se tenait là. Tony avait les larmes aux yeux à essayer de lutter contre la force des courants d'air, qui était de plus en plus glacials. Mais il devait regarder, il devait avoir toutes les informations possibles.

Puis dans un bruit suraigu, un mélange de bruit métallique et de tonnerre, il vit la sphère rouler sur elle-même, s'allonger, devenir un tube et disparaître. Le calme revint aussitôt. Personne n'osait prononcer le moindre mot.

Bon, qu'est-ce qui nous attend pour la suite de la visite ? se dit Tony amusé.

VIII

Jen commençait à faire les cent pas, cela faisait plus de trois minutes maintenant que Greg avait disparu. Elle avait des frissons et des tremblements. Et si elle l'avait perdu à jamais ?

Non ! se dit-elle, reprend toi Jen ! Il va revenir, il te l'a promis. Cinq minutes ont passé et toujours rien. Elle se retourna vers son équipe, Clapin était là avec tous les ingénieurs qui avaient participé au projet :

— Vous êtes sûrs des derniers calculs enregistrés ? demanda-t-elle

— Oui madame, répondit-il un peu irrité.

— Il devait revenir à l'instant même de son départ non ?

— À sept secondes d'intervalle afin de ne pas se télescoper lui-même.

Un long silence s'ensuivit. Dix minutes étaient passées et toujours rien :

— Bon je vais devoir faire rentrer les journalistes chez eux… dit Jen la mine basse.

Elle se moquait royalement des journalistes, la seule chose qui comptait à cet instant c'était : où se trouve Greg ?

Clapin lui dit quelques mots qu'elle entendit à peine, elle ouvrit la porte qui la menait vers son pupitre, tout autour d'elle était flou, elle n'arrivait pas à reprendre le contrôle d'elle-même. Où est-il ? Une question sans réponse qui la paralysait.

Le temps d'atteindre le pupitre lui parut infini. Quand elle trouva la force de relever la tête, elle ne vit que des images floues :

— Mesdames et Messieurs… lança-t-elle sans aucune conviction. Nous vous demandons de bien vouloir quitter la salle…

Elle voyait déjà la colère de son auditoire éclater à cette annonce.

Puis dans un grondement assourdissant, le même son suraigu se fit entendre, Jen se mit à courir pour se mettre à l'abri :

« Enfin ! Mais qu'est-ce que tu as foutu ! » se dit-elle pour elle-même. Ses mains tremblaient, la nervosité et l'inquiétude pouvaient se lire dans ses yeux.

Cela n'avait rien à voir avec le lancement, le tube apparut, mais beaucoup plus lentement puis vint la sphère, avec ce vacarme assourdissant. C'était à peine supportable surtout avec le froid glacial qui entourait la machine.

Jen remarqua tout de suite que quelque chose clochait. Les anneaux continuaient de tourner, elle en était sûre, quelque chose n'allait pas. Le froid l'obligeait à se mettre derrière la porte vitrée pour continuer d'observer, impuissante. Le vent et la température avaient obligé les journalistes à quitter la pièce. Il ne restait plus que cet énorme ballon blanc en plein milieu. Les vitres d'observation cristallisaient sous l'effet du givre, les murs de la pièce et le sol commençait à verglacer. Les néons verts au sol disparaissaient sous une épaisse couche de blanc.

Clapin appuya sur le bouton d'arrêt d'urgence, mais rien ne se passa, le Nautilus restait actif. L'équipe d'urgence ne pouvait plus intervenir, les portes refusaient de s'ouvrir, bientôt ils ne verraient plus rien. La seule indication qu'ils avaient, c'était ce bruit strident en continu.

— Qu'est-ce qu'on peut faire ? hurla Jen à Clapin.

— La glace nous empêche toute action, répondit-il à pleine voix.

— Il faut le sortir de là ! dit-elle la voix engourdie par l'inquiétude.

— À l'intérieur, il ne craint rien, mais il doit couper « le Nautilus » au plus vite !

Jen n'en pouvait plus, envahie par le stress. De grands clacs se firent entendre, les portes vibraient sous l'effet de ces ondes sonores. Encore un, puis un autre, pendant au moins 5 longues minutes.

Et puis plus rien, le silence. Jen essaya de regarder par la vitre, mais la couche de glace était telle qu'elle ne distinguait presque rien.

BAM ! BAM ! BAM ! fit la porte. Tout le monde était comme paralysé. Puis plus fort, comme si on voulait la défoncer, encore, puis elle céda, la glace l'ayant rendu vulnérable.

Jen regarda par l'embrasure, inquiète et apeurée :

— Oh mon dieu ! Mais que t'est-il arrivé ? demanda-t-elle en larmes.

— Il faut détruire la machine ! lui répondit Greg avant de s'effondrer.

IX

Le froid glacial provoqué par la machine avait obligé Tony à sortir de la salle, cela avait été moins une. Il avait refait tout le chemin inverse, mais cette fois engourdi par le froid. Le bruit assourdissant lui faisant perdre tous ses repères, il essayait avec quelques confrères de d'ouvrir la porte à deux battants bloquée par la glace.

— Bon… Eh bien, je crois que le Docteur Belloch nous a fait une superbe machine à esquimaux… dit l'un des journalistes en colère.

— C'est quoi la suite ? rétorqua un autre en essayant de forcer la porte.

Par expérience, Tony savait qu'on ne les laisserait pas indéfiniment comme ça.

Mais savait-il ce qu'il se passait là-haut ? Les récentes frayeurs et la douche glacée avaient ébranlé notre journaliste. Une chose était sûre, il n'était pas près d'oublier cette course pour sa survie. Il avait les articulations douloureuses, mal à la tête de devoir supporter ses confrères et surtout très frustré d'être bloqué comme ça derrière la porte, entassé avec les autres dans le couloir. Un bruit se fit entendre, l'ascenseur venait vers eux. Une femme en sortit :

— Mesdames et Messieurs, veuillez me suivre. Par groupe de 15 s'il vous plaît afin que l'on vous ramène vers l'accueil où les premiers soins vous seront administrés…

Une couverture chauffante c'est tout ce que Tony voulait. Il laissa passer la concurrence, il avait remarqué que certains avaient plus de séquelles que lui. C'est alors qu'il entendit quelque chose : trois coups distincts de l'autre côté de la porte par laquelle il était passé. Cela résonna dans ses oreilles, il entendit de nouveau des coups sourds, mais plus forts cette fois. Il se rapprocha de la porte congelée et essaya sans trop de conviction de l'ouvrir une nouvelle fois. La poignée complètement gelée céda, Tony mit un coup d'épaule bien au milieu de la porte puis, dans un bruit de fracas, la porte s'ouvrit laissant passer l'air glacial qui pénétrait déjà les poumons du journaliste.

« Quel spectacle hallucinant » se dit-il. Cette salle était passée d'un vert pâle aux murs tristes et grisâtres à un blanc pur et immaculé aidé par les néons, ce qui rendait le tout presque féerique.

Il aperçut une silhouette d'homme vêtu d'un long manteau sombre, mais de cette distance il ne distinguait pas grand-chose. Il activa « BLOC » par reflexe. Gros plan sur lui, cheveux longs tombant sur les épaules, le manteau donnait à la silhouette une étrange forme. Il défonça la porte à coups d'épaule puis s'effondra sur le sol. Il vit alors la savante qui les avait accueillis plus tôt, se pencher sur l'homme.

Tony remarqua qu'au milieu de la pièce, le siège qui avait servi au Docteur Belloch était à sa place, de même que les neuf grands anneaux qui ne bougeaient plus. Il fit tous les gros plans possibles et prit toutes les photos, vidéos, mesures et autres informations que « BLOC » lui permettait de faire.

Le Docteur Belloch était là effondré sur le sol dans un grand manteau de cuir et la sécurité s'affairait autour de lui pour le prendre en charge. Une chose était sûre, il allait avoir une histoire à raconter.

Tony fit demi-tour et se faufila aussi vite qu'il le pouvait à travers l'attroupement de curieux qui lui avaient emboîté le pas. Il arriva au niveau de l'ascenseur dont les portes venaient de s'ouvrir et sauta dedans :

— Je suis tout seul, veuillez monter s'il vous plaît. Je n'en peux plus, feint Tony.

— Mais Monsieur… essaya de protester la femme.

— Écoutez, ils sont tous dans la salle à prendre des photos, vous reviendrez… s'il vous plaît ? insista le journaliste avec un léger sourire.

L'hôtesse hésita un instant et remarqua qu'effectivement, personne ne le talonnait. Elle actionna la clé et les portes de l'ascenseur se fermèrent. Tony venait de gagner un temps précieux, ceux qui étaient déjà partis n'étaient pas au courant, et ceux qui le précédaient n'avaient pas eu le temps de voir le Docteur dans son nouveau manteau.

Le trajet de l'ascenseur lui parut interminable. Tony n'arrivait pas à rester en place. Il sentit ses jambes s'alourdir, signe qu'il était proche de sa destination. Une fois le cinquième étage passé, il se retrouva à l'accueil qui ressemblait maintenant à un hôpital de fortune. Certains journalistes étaient dans des couvertures chauffantes pendant que d'autres se faisaient soigner. Les dégâts provoqués par ce froid glacial étaient sans équivoque. On lui apporta une couverture chauffante et on le fit asseoir.

— À chaque fois que l'on se voit, je te retrouve toujours dans des états lamentables, dit une voix familière. Le journaliste releva la tête, surpris.

— Raphaël ? Quand es-tu rentré ?

— La semaine dernière. Tu n'écoutes toujours pas tes messages ?

Tony prit du temps avant de répondre. L'homme qu'il avait devant lui n'avait rien à voir avec l'adolescent de ses souvenirs ni avec le petit garçon avec lequel il avait grandi. Son frère était devenu un homme, grand et fin, le regard noir avec pourtant le visage lumineux.

Et Raphaël était là, à s'occuper de ses plaies.

— Médecin hein ? dit Tony

— Oui, depuis peu. Il y a eu un repas avec la famille, papa et maman me demandent sans cesse de tes nouvelles. Il paraît que tu leur téléphones cinq fois par an… répondit Raphaël avec un ton de reproche.

— Je sais bien, mais je suis tellement pris par…

— Ton boulot ? coupa le médecin en lui désinfectant une plaie. Tony afficha une grimace, ce qui fit sourire son frère.

— T'es douillet ! Ça fait plaisir de voir quelque chose qui ne change pas.

— Écoute, tu n'as aucune idée de ce que je viens de vivre alors épargne-moi tes commentaires…

— C'est surprenant, toi et tes potes avez des plaies que l'on ne retrouve que lors des expéditions menées en Arctique, pourtant tu sors de la M.S.I, dit Raphaël malicieux.

— Crois-moi, si jamais j'arrive à aller au bout de cette histoire, je ferai le meilleur papier de ma carrière, je le sens, rétorqua Tony plein d'assurance.

Raphaël avait toujours été plus sage que lui, ça titillait beaucoup Tony qui était son cadet.

— Et peut-on savoir ce qui se passe ? Pourquoi le hall de la M.S.I est-il rempli de médecins et d'infirmières et surtout pourquoi es-tu dans cet état ? s'impatienta Raphaël.

— J'ai encore à faire ici, mais peux-tu venir ce soir chez moi ?

Cette invitation laissa Raphaël sans voix. Cela faisait bien des années qu'ils n'avaient pas passé une soirée entre frères.

— Je suis vraiment désolé… répondit-il, en passant la main sur son oreille, comme tout médecin Raphaël était équipé de son « AM » Aide Médical personnel.

Une oreillette munie de capteurs, qui lui transmettait toutes les infos par hologrammes visuels et qui était en communication constante avec toute l'équipe médicale quand il en avait besoin, là en l'occurrence :

— Mais ce soir, je suis de garde, je suis informé à l'instant que je suis le docteur en charge du scientifique de votre expérience, le Docteur Belloch c'est ça ?

Tony fit un bon en prenant son frère par les épaules.

— Quoi ? hurla-t-il avant de se rappeler que la salle avait des oreilles. Raphaël sourit. Il reconnaissait bien son petit frère dans ces moments-là.

— Calme-toi, je suppose qu'il te faut une interview ? Et laisse-moi deviner l'exclusivité c'est ça ?

— Ce serait royal en effet. Tony ne tenait plus en place.

— Je ne pourrai pas faire grand-chose si tes collègues apprennent dans quel hôpital nous l'amenons et surtout je ne pourrai pas te laisser l'approcher si j'estime qu'il n'en aura pas la force, est-ce clair ?

— Ça veut dire que tu me files un coup de main ?

— Est-ce clair ? insista Raphaël.

— Ça veut dire oui, YES ! Le journaliste était au bord de l'explosion :

— Je te revaudrai ça !

— Il va quand même falloir que tu m'expliques ce qui s'est passé. L'enthousiasme de son frère avait fini par le gagner car Tony avait toujours eu une énergie communicative.

— Écoute je te promets de tout te raconter et même de te faire lire mon article en priorité. Est-ce que ça te va ? lui proposa Tony. Raphaël sauta sur l'occasion :

— OK, ce soir on a du boulot tous les deux ; demain soir chez toi, tu maintiens ton invitation ?

— Yes ! Tony s'était déjà rhabillé, prêt à partir.

— Et comment comptes-tu te débarrasser des autres prétendants au Graal ? souligna l'aîné.

— Simple, je glisse une info complètement bidon dans le tas, dit Tony qui se dirigeait droit vers ses confrères.

X

— Greg répond moi s'il te plaît… supplia Jen, à genoux aux côtés du Docteur.

Elle n'arrivait pas à en croire ses yeux, qu'avait donc subi l'homme qui l'avait quitté plutôt ? Son visage était amaigri, des cicatrices étaient apparues dont une immense du menton à l'œil gauche, il avait l'air d'avoir eu le nez cassé, ses mains étaient devenues calleuses et rugueuses comme s'il avait pelleté sans cesse. Le service de sécurité et les infirmiers arrivèrent. Clapin prit Jen par les épaules :

— Docteur Marty, les infirmiers sont là, ils vont s'occuper de lui, ne vous inquiétez pas.

À contrecœur, elle consentit à leur faire un peu de place, mais resta auprès de lui.

— Mettez la pièce et le Nautilus sous scellées ! Personne ne s'en approche sans mon autorisation, dit-elle tout en suivant Greg qui était maintenant sur un brancard.

Sur le chemin, calée derrière les infirmiers, Jen tremblait toujours. Que lui était-il arrivé ? se demanda-t-elle. Comment se faisait-il que Greg eût changé si radicalement ? Les cheveux longs, il semblait marqué par les années, les soucis et puis cet accoutrement, pourquoi portait-il un manteau trois-quart en peau de bête ? Toutes ces questions trouveront bientôt une réponse se dit-elle. Le petit groupe bifurquait dans les couloirs jusqu'à atteindre un ascenseur.

Pendant tout ce temps, l'un des infirmiers examinait le Docteur allongé, inconscient :

— Pouls stable, respiration constante, battements de cœur 65 BPM, réflexes musculaires OK, aucune réponse des réflexes oculaires, pas de rythme cérébral… dit l'infirmier très surpris.

— Arrêtez-vous ! ordonna Jen. En êtes-vous sûre ?

— Affirmatif Madame, pourquoi ? demanda celui-ci intrigué.

— Il faut que je retourne à l'expo ! Il n'y a qu'elle qui peut nous aider…

— Pardon quoi ? L'infirmier ne comprenait plus rien.

— Vous ne bougez pas d'ici ! dit-elle sans laisser d'échappatoire possible. Elle se mit à courir et à parcourir tout le chemin inverse. Elle passa devant Clapin sans prendre le temps de lui expliquer. Quand elle se retrouva dans la salle d'exposition, le froid glacial l'attaqua aussitôt, mais rien ne pouvait l'arrêter.

Elle s'assit sur le siège du vaisseau, tapota sur le clavier de verre, aucune réaction.

Elle remarqua du coin de l'œil un changement sur la machine. Un coffret en bois avec trois bracelets reliés par ce qui semblait être des câbles, mais dans l'excitation, elle alla à l'essentiel. Jen commença à défaire les pièces sous le siège, une à une, elle démonta chaque partie qui ne l'intéressait pas, petit à petit autour d'elle. Le siège commençait à se retrouver en pièces détachées. Puis dans un élan de spontanéité, elle cria :

— Victoire, allez Greg tiens bon !

Et elle repartit tout de suite. Elle regarda si elle avait bien le casque de connexion et un boîtier noir puis reprit le même chemin en direction du Docteur. Les infirmiers étaient toujours là où elle les avait laissés :

— Désolée messieurs, nous pouvons y aller, dit-elle légèrement plus poliment.

— Bien madame. L'infirmier en chef n'osa pas rétorquer.

Dans l'ascenseur, elle plaça le casque de connexion sur sa tête.

— Bonjour Docteur Marty, dit son homologue Artificiel.

— JenIA ! Compte-rendu ! explosa Jen, toujours très inquiète.

— Je vais bien, merci de vous en préoccuper…

— Greg est inconscient en absence de rythme cérébral, que s'est-il passé ?

— Le Docteur Belloch a dû faire face à des impondérables…

— Lesquels je te prie ?

— Je suis désolée, je ne suis pas autorisée à vous révéler le contenu de nos voyages…

— Vos voyages ? interrogea Jen stupéfaite.

— Le docteur Belloch a coupé la connexion mentale volontairement lors de notre retour en 2120. Le Nautilus ayant subi de gros dégâts, il n'a pas eu d'autres moyens pour l'arrêter…

— Mais on parle de combien de voyages là ? demanda Jen.

— En comptant les allers et retours, nous en sommes à sept, Docteur… répondit JenIA imperturbable.

Les portes de l'ascenseur s'ouvrirent, mais Jen ne bougea pas. Sept voyages ? se dit-elle, Greg que s'est-il passé ?

— Docteur, il faut absolument que la connexion et la synchronisation se terminent étape par étape, sans ça nous allons perdre le Docteur Belloch, dit JenIA qui avait l'air de s'impatienter.

— Oui, oui… Jen était songeuse et encore plus inquiète. Elle posa le casque sur la tête de Greg.

— Mais que faites-vous ? demanda l'infirmier.

— Ça serait trop long à vous expliquer, balança Jen.

Le petit groupe prit un long couloir pour aboutir à une autre porte battante :

— Les journalistes sont toujours là ? demanda Jen.

L'un des infirmiers qui tirait le brancard regarda par la fenêtre discrètement :

— Mais, le hall est vide… dit celui-ci très surpris.

— Quoi ? Laissez-moi regarder ! dit-elle en poussant les infirmiers.

Jen voulait s'assurer par elle-même que la voie était libre, pour ne pas exposer Greg à ces buveurs de sang. Ils arrivèrent dans le Hall et furent accueillis par un homme grand brun en blouse blanche avec une oreillette :

— Je vous écoute, dit le docteur à l'infirmier.

— Tous les signes vitaux sont bons, mais… Jen arriva et coupa la parole de l'infirmier.

— Je pense que pour la suite je pourrai vous éclairer Docteur, dit Jen prête à tout pour aider.

— Bonjour, je suis le Docteur Rodriguez, vous êtes madame ? dit Raphaël très professionnel.

— Jennifer Marty, assistante du Docteur Belloch.

XI

Une voix se fit entendre au loin, il ne distinguait pas vraiment ce qu'elle disait, mais il reconnut le timbre et le son de cette voix :

— JenIA ? pensa Greg à bout de force.

— Bonjour Docteur, vous voilà presque sorti d'affaire…

JenIA avait l'air rassuré.

— Il faut achever les dernières étapes et la clôture du dernier voyage professeur, c'est urgent ! Votre rythme cérébral ayant été diminué afin d'avoisiner le néant, votre corps n'a pas supporté la rupture avec le Nautilus…

Greg était dans le flou complet, réfléchir lui paraissait impossible.

— Moins vite… se força-t-il à répondre par la pensée.

— Non, professeur ! trancha JenIA.

— Il faut vous réactiver, c'est urgent ! insista-t-elle.

Dans un effort presque surhumain, Greg pensa aux étapes de réactivation de ses ondes cérébrales.

— Allez Docteur, ça devrait être facile maintenant, l'encouragea JenIA.

Puis elle commença :

— Étape 1 : Ondes Delta… OK, sommeil profond annulé...

— Étape 2 : Ondes Thêta… Synchronisation hémisphère… OK.

— Étape 3 : Ondes Alpha… Activation visualisation de la pensée… OK.

— Étape 4 : Ondes Bêta… Concentration… en cours…

— Étape 5 : Ondes Gamma… Dynamisme… en cours…

— Nom ? … Pas de réponse

— Docteur ? … Cette fois JenIA parvint à capter une résonance.

— Courage Docteur ! Nom… ?

— Belloch…

— Prénom ?

— Grégory…

— Date de naissance ?

— 24 avril 2090…

— Nom du père ?

— Silvain Belloch…

— Nom de la mère

— Marie Belloch…

— Derniers souvenirs enregistrés docteur ?

— Glace, porte, Jen…

— Étape 4 : OK.

— Étape 5 : OK , Lobe Temporal… OK, Hippocampe… OK.

— Étape 6, docteur s'il vous plaît.

Greg sentait au fur et à mesure des étapes sa conscience et sa lucidité revenir. Il n'était pas à 100 %, mais au moins ce brouillard dense avait disparu. Il mit un certain temps pour se rappeler la dernière étape. Il avait dû apprendre par cœur un texte, celui-ci devait avoir la particularité de faire travailler sa mémoire, ainsi que ses émotions. Lorsqu'il était avec Jen, ils avaient une passion commune, le théâtre et leur livre préféré, Cyrano de Bergerac. Greg avait choisi l'un des passages de ce livre pour tout ce qu'il représentait.

Pendant qu'il pensait au texte, tous les souvenirs de sa rencontre avec son amour passé lui revinrent, leur relation, l'amour qu'ils éprouvaient l'un pour l'autre à une époque de leur vie. Mais cela lui paraissait tellement lointain…

— *Un baiser, mais à tout prendre, qu'est-ce ?*
Un serment fait d'un peu plus près,
Une promesse plus précise,
Un aveu qui se veut confirmer,
Un point rose qu'on met sur le i du verbe aimer,
C'est un secret qui prend bouche pour oreille,
Un instant d'infini qui fait un bruit d'abeille,
Une communion ayant goût de fleur,
Une façon d'un peu se respirer le cœur,
Et d'un peu se goûter, au bord des lèvres l'âme !

Le cœur de Greg débordait de tellement de sentiments à chaque fois qu'il se remémorait ce passage.

— Merci docteur, c'est magnifique à chaque fois. Étape 6 check, bon retour.

— JenIA ?

— Oui docteur ?

— Merci pour tout.

Greg ouvrit les yeux et découvrit le seul visage qu'il avait envie de voir à ce moment-là.

XII

L'information que Tony avait lâchée avait fait mouche. Une fois soignés, tous ses confrères étaient partis dans la mauvaise direction. La course à l'info est toujours sans pitié, se dit Tony pour lui-même. Son frère devait le contacter dès que le Docteur Belloch serait en état. Il avait donc encore du temps devant lui. Le journaliste qu'il était décida de se rendre à son bureau afin de télécharger et d'examiner les informations contenues dans « BLOC » et ainsi préparer son interview de ce soir.

Il leva la main et aussitôt le service de déplacement de la ville le repéra pour lui envoyer un AirTarget. Il suffit de connaître les signes, afin d'avoir le système de déplacement que l'on souhaite. Le service automatisé de la ville vous le procurait : le bras en l'air, l'AirTarget qui prend les airs ; le bras à l'horizontale, l'AeroTarget qui prend la voie au sol et enfin le bras en bas, avec le point serré, le classique et indémodable vélo de balade, le CycleTarget. Toute la ville se voulait automatisée et avant-gardiste sur le plan environnemental. Plus aucun véhicule à moteur thermique. Grâce à cela, la faune et la flore étaient préservées et mises en valeur partout dans la ville. On entendait les chants des oiseaux, les cris des animaux qui vivaient non loin de là.

La cohabitation était parfaite. La ville entière regorgeait d'arbres, de lacs, de bosquets ici et là, d'une magnifique forêt verdoyante non loin de l'endroit où vivait Tony.

Étant seul, une petite cabine individuelle munie d'hélices arriva et se posa sans un bruit à l'emplacement prévu le long de la chaussée juste devant la M.S.I.

— Tour Est, Plateforme supérieure, dit-il en s'installant sur le petit siège et en ajustant les sangles de sécurité.

Ce moyen de locomotion lui permettait de gagner un temps considérable, son bureau se trouvant au sommet d'une des vieilles tours de la ville. Elle avait été totalement rénovée, mais avait quand même 150 ans. Les travaux prirent des mois afin de tout remettre aux normes. Par chance, ils avaient mis sur le toit les points d'ancrages des AirTarget. Avec ce système, on pouvait aller d'un bout à l'autre de la ville en seulement dix minutes et ainsi être beaucoup plus productif. Cela arrangeait beaucoup Tony qui ne tenait jamais en place.

La voix de la cabine résonna.

— Arrivée à destination dans une minute, descente en cours.

Le Journaliste laissa derrière lui la petite cabine et pénétra dans le vieux bâtiment. Il descendit quelques marches, prit à gauche au panneau « accès 78e étage », traversa un long couloir qu'il connaissait par cœur puis arriva devant la porte N° 774, son bureau.

Tony était quelqu'un de prudent et ses scoops valant parfois de l'or, il équipa sa porte de toutes les nouvelles technologies de reconnaissance et de protection possible. Il était impossible qu'une autre personne que lui pénètre dans cette pièce.

Une fois à l'intérieur, il se mit à l'aise, passa devant un miroir dans lequel il put voir sa triste mine et sa tête bourrue amplifiée par sa barbe de plusieurs jours. Il se dit que s'il voulait faire bonne impression pour son interview, comme à son frère d'ailleurs, il allait devoir faire quelque chose à ce visage.

Il y avait dans le coin de la pièce une commode en fer, imitation approximative de rouille et de bois, et posé dessus un tourne-disque au milieu de piles de dossiers classés.

— Musique, piste 4, volume 5, dit Tony naturellement.

La pièce baignait maintenant dans une ambiance sonore au rythme de percussions et d'instruments à vent de la famille des cuivres. Une ambiance latine qui lui était chère et qui lui rappelait son enfance.

Il s'approcha de son bureau, rangé méticuleusement. Rien n'était laissé au hasard, chaque chose à sa place. Il s'assit sur son siège, sortit le scanner rangé dans un tiroir et le posa sur le verre transparent constituant le plateau du bureau. Il appuya sur les touches du clavier gravées dans le verre puis celui-ci devint noir et un hologramme apparut au-dessus « Lancement… »

Tony prit le scan, le regarda une fois dans la petite embouchure prévue, le rangea à sa place puis laissa l'ordinateur faire son boulot. Il se dirigea ensuite vers la petite salle de bain qu'il avait aménagée avec un dressing rempli de vêtements de secours. En effet, il passait plus de temps ici qu'à son appartement.

Son bureau ressemblait davantage à un petit studio qu'à un lieu de travail.

Tout en sifflotant sur la musique, le journaliste ressortit de la salle de bain transformé. Une fois rasé et coiffé, c'était un homme charmant. Il n'y avait que son léger teint blafard et ses petites cernes sous les yeux qui pouvaient entacher sa beauté naturelle.

Il se mit à examiner toutes les données de « BLOC », à revoir les vidéos de l'expo, tout en faisant défiler les photos sur le côté.

Les photos étaient d'excellente qualité. Il s'en félicitait quand soudain quelque chose lui sauta aux yeux.

— Agrandissement 4x3, photo 546, 2/3 droite, dit Tony.

— Fixe moniteur principal, seconde analyse, photo1092, même secteur… Recherche même anomalie départ et retour…

Plus les photos défilaient devant lui, plus Tony écarquillait de grands yeux.

— Je tiens mon scoop ! dit-il d'un ton surexcité.

XIII

— Jen, tu m'empêches de respirer, étouffa Greg.

— Tu m'as fait peur, idiot ! renifla-t-elle

Le docteur avait encore du mal à ouvrir les yeux et un mal de tête s'était installé sitôt les paupières ouvertes.

— Est-ce que tu peux fermer les rideaux et baisser la lumière s'il te plaît ?

Une fois la pièce plongée dans la pénombre, Greg se sentit un peu mieux. Sa vue n'était pas encore parfaite, mais il sentait la présence de Jennifer à côté de lui.

— Je pense que tu as des choses à me dire non ? Jen était toujours impatiente de connaître le fin mot de l'histoire.

— Oui, il… Greg fut coupé par l'arrivée du docteur Rodriguez.

— Bonjour, ah je vois que vous êtes sensible à la lumière ? remarqua-t-il.

— Oui, très mal à la tête… répondit Greg.

Raphaël mit la main à son oreillette, regarda les infos des hologrammes et dit :

— Je vais vous faire administrer des calmants… Docteur Belloch, j'aurai besoin que vous répondiez à quelques questions. Bien entendu, lors de votre arrivée ici, je vous ai fait un checkup complet. Toutefois, des choses vraiment étranges sont apparues lors des résultats de vos analyses…

— Je suppose que vous avez trouvé des traces bactériologiques et virales dans mon organisme qui seraient d'une autre époque ? dit Greg légèrement amusé.

— C'est exact. Évidemment, on vous a tout de suite soigné… répondit Raphaël légèrement surpris, Comment le savez-vous ?

— Eh bien, ce n'est pas la première fois… répondit le voyageur pensif.

Greg se sentait de mieux en mieux, le mal de tête commençait légèrement à se dissiper. Les antidouleurs du docteur Rodriguez faisaient déjà leur effet.

— Greg, explique-toi, que t'est-il arrivé ? intervint Jen.

— Je ne peux pas te raconter…

Jen afficha une tête stupéfaite.

— Par contre, je peux te montrer !

Jen ne comprenait pas où voulait en venir Greg. Avait-il perdu la raison ?

— Jen, je suis parti pas loin de trois ans et demi… continua le Docteur Belloch. Et tout ce que j'ai vu, entendu, fait et vécu est enregistré avec le système de navigation du « Nautilus ». J'ai tenu un journal de bord aussi régulièrement que possible.

— Tu veux dire que… ? commença Jen.

— Oui, on aura besoin de JenIA.

À ces mots, Jen repartit chez elle afin de récupérer le fameux boîtier noir.

Greg et Raphaël se retrouvèrent seuls.

— Vous avez l'air éreinté, dit le docteur Rodriguez.

— Je le suis en effet, répondit Greg en essayant de trouver une position confortable.

Raphaël regarda les analyses attentivement, tout était en ordre. Pourtant, l'homme devant lui n'était pas le portrait de quelqu'un qui se porte bien. Le Docteur Belloch était soucieux, voire déprimé.

— Est-ce que je peux faire quelque chose pour vous ?

Pas sur le plan médical, tout est parfait, mais vous semblez avoir besoin de parler.

Greg afficha un sourire, mais Raphaël remarqua tout de suite la tristesse qui l'habitait.

— Docteur… commença Greg en le regardant droit dans les yeux.

— Je vous autorise à regarder mon journal de bord, ainsi vous pourrez faire un diagnostic…

— Euh merci… dit Raphaël ne sachant pas trop quoi répondre.

— Je repasse dès que votre assistante sera là ; en attendant reposez-vous un peu, l'encouragea le docteur Rodriguez.

En début de soirée, Jen revint à l'hôpital avec dans son sac à dos JenIA, le casque de connexion principal et d'autres, plus petits et moins complexes, qui, même s'ils ne pouvaient interagir avec JenIA, pouvaient observer et communiquer avec le porteur principal. Les deux chercheurs les avaient mis au point ensemble quand ils travaillaient sur le Nautilus.

Grâce à cela, ils avaient pu faire des avancées considérables avec l'intelligence artificielle qui était unique en son genre.

— Des journalistes m'attendaient devant chez moi, dit-elle un peu agacée.

— Fais venir le docteur Rodriguez, s'il te plaît. Je lui ai promis une excursion. Quant aux journalistes, ça ne serait pas une mauvaise idée d'en faire venir un.

Comme ça, il pourra voir de ses propres yeux pourquoi il faut détruire cette machine… dit Greg.

— Je vais appeler le Docteur.

Jen était vraiment très inquiète, elle reconnaissait à peine l'homme avec lequel elle avait travaillé ces cinq dernières années.

Quelques minutes passèrent puis Jen et Raphaël arrivèrent ensemble.

— Docteur Rodriguez, pouvez-vous appeler la presse ? dit Greg à peine avait-il passé la porte.

— Tu es sûr de toi ? se risqua Jen.

— Si je puis me permettre, répondit Raphaël, je connais le meilleur et surtout il était à votre expo ; donc il a déjà le début de l'histoire et c'est aussi en partie grâce à lui, si vous avez pu sortir sans croiser les journalistes de la M.S.I.

— Greg, tu es sûr de toi ? redemanda Jen.

— Jen, il faut que vous compreniez tous pourquoi il n'y aura plus jamais de voyage temporel. Et pour ça, je ne peux rien faire de mieux que de vous montrer.

— J'en déduis que j'appelle notre quatrième invité, conclut Raphaël.

XIV

— OK, à tout de suite, dit Tony.

Il s'habilla en vitesse, éteignit la musique et referma la porte de son bureau. Enfin, il allait avoir son exclusivité se dit-il. Le meilleur papier de sa carrière.

Le AirTarget le déposa au pied de l'hôpital. Il avait toute son interview déjà préparée en tête, il était prêt et ne tenait pas en place, surexcité.

Il arriva au comptoir de l'accueil.

— Bonjour, chambre du Docteur Belloch s'il vous plaît.

— Je suis désolé, Monsieur, les visites sont terminées…

— Il est avec moi ! intervint Raphaël qui venait à sa rencontre.

— Ravi de voir que tu ne m'as pas oublié, dit Tony en souriant.

— Tu seras surpris d'apprendre que je n'y suis pas pour grand-chose, c'est le Docteur Belloch qui voulait la présence de la presse, j'ai juste eu à te proposer.

— Il voulait un journaliste ? demanda Tony très surpris.

Ils étaient arrivés devant la porte de la chambre et derrière, se trouvait enfin le scoop souhaité.

— Après vous Docteur, se moqua gentiment Tony.

— Docteur Belloch, permettez-moi de vous présenter Tony, le journaliste que vous avez demandé.

XV
Face à face

— Bonjour, dit Tony en avançant une main pour saluer.

En retour, Greg lui tendit un objet.

— Mettez ça, je vous prie.

Il fournit un casque de connexion de la boîte noire aux trois observateurs qui, à part Jen, restèrent un peu sur la défensive ne sachant pas quoi faire avec ce nouvel élément.

— Docteur Belloch, j'ai cru comprendre que vous aviez demandé à voir un journaliste pour parler de votre découverte.

Tony n'avait pas l'intention de laisser l'entretien lui échapper.

— C'est exact ! répondit aussitôt Greg. Si je peux me permettre, vous étiez au « lancement » du Nautilus ?

— Oui, j'y étais ce matin même. Tony n'avait pas l'habitude d'être celui à qui on pose les questions, un léger sentiment de gêne s'éveilla en lui.

— Et qu'avez-vous fait entre le lancement de ce matin et maintenant ?

— J'ai préparé notre entrevue bien sûr, répondit Tony sans sourciller.

— Avez-vous pris des photos ou des vidéos ?

— Oui comme tous les… essaya de répondre le journaliste.

— Bien ! Ne voulez-vous pas savoir et voir de vos yeux pourquoi le Nautilus est dans cet état après son retour ?

— Eh bien…

Toute la stratégie de Tony venait de s'effondrer. Lui qui pensait avoir le dessus et l'effet de surprise, c'était raté et apparemment le Docteur Belloch leur avait prévu quelque chose.

— Vous savez, j'ai eu le temps d'y penser je ne sais combien de fois, reprit Greg. Pour vous, il ne s'est passé que quelques minutes, mais pour moi… Il ne termina pas sa phrase.

— Greg, tu es sûr de vouloir faire ça ce soir ? demanda Jen essayant de le rassurer.

— Il le faut ! Il faut que vous confirmiez avec moi, que je dois détruire cette machine.

— La détruire ! Mais pourquoi ? demanda Tony qui avait activé « BLOC ».

— Il faut que je vous montre ! Et pour ça, enfilez vos casques, je vous prie.

— Mais je ne comprends pas… s'impatienta le journaliste.

— Écoutez, je vous promets que vous allez avoir les réponses à toutes vos questions. Et si jamais vous décidez que vous voulez quand même publier votre article, je ne vous en empêcherais pas… Mais vous devrez le faire en connaissance de cause.

— Bon, très bien, comment je place ce truc ? demanda le frère du médecin résigné.

Jen alla aider le journaliste ainsi que le docteur Rodriguez puis mit le sien et regarda Greg soucieuse.

— Je vous remercie tous les trois de jouer le jeu, je sais que cela peut sembler fou. Lorsque j'allumerai cette boîte, vous allez devenir spectateur de ma conscience, de ma mémoire et de mon activité neuronale, vous m'entendrez en communication avec JenIA qui est notre Intelligence Artificielle et qui nous aide à naviguer dans notre propre perception sensorielle. De cette façon, vous allez voir une partie du journal de bord que j'ai réussi à faire lorsque je le pouvais.

Vous pourrez communiquer avec moi, mais pas avec JenIA. Une perte de repères est possible, mais ne vous inquiétez pas, on s'y fait vite.

Greg regardait son petit groupe, étaient-ils prêts ? Et surtout, il se demandait s'il était disposé à tout revivre encore une fois. Il ferma les yeux, inspira à fond et alluma JenIA.

— Bonjour Docteur quel plaisir de voir vos fonctions cognitives à leur plein potentiel. JenIA paraissait soulagée.

— Ravi de te revoir aussi.

Greg marqua une pause puis reprit :

— JenIA, lancement du protocole « extinction », je te prie. Greg avait la voix qui tremblait.

— Bien Docteur, répondit JenIA. Accès mémoire archive... Visiteurs ? demanda-t-elle.

— Synchronisation, je te prie.

À cet instant, les trois voyageurs se retrouvèrent dans la conscience du Docteur Belloch. Il faisait un noir total et ils restèrent comme ça à se regarder.

— Quand le Docteur Belloch activera le journal de bord, commença Jen, vous serez à ses côtés à revivre ses souvenirs, mais vous ne pourrez pas interagir.

Nous ne sommes que spectateurs. Avez-vous compris ?

Les deux frères étaient un peu perdus. Ils hochèrent la tête.

— Bien Greg, nous sommes prêts, annonça Jen.

— JenIA, lancement je te prie.

— Lancement protocole Extinction... OK, dit JenIA, mais sans grande conviction. Docteur, si jamais je sens la moindre difficulté, j'arrête tout.

— Merci JenIA, répondit celui-ci préoccupé. Accès Journal de Bord N° 1.

Soudain, le petit groupe se retrouva dans une bulle blanche et en face d'eux, le Docteur Belloch assis sur le siège du « Nautilus » avec un casque sur la tête.

— Température 0,0K OK, Synchronisation ondes cérébrales check, Nautilus OK. Destination...

— Vous êtes en train de revivre le premier lancement depuis l'intérieur de la machine. À ce moment-là, je me suis demandé si ça allait marcher, car les autres tentatives s'étaient soldées par des échecs, la voix du docteur Belloch était omniprésente, le groupe vivait la scène en direct avec Greg comme narrateur.

— OK... Bon voyage Docteur, dit JenIA.

Journal de Bord N° 1

<u>Visiteurs 3.1/Aujourd'hui</u>

— C'est à ce moment-là que j'ai fermé les yeux, je rentrais clairement dans l'inconnu. Je sentis mon corps basculer vers l'avant, puis une violente accélération droit devant. Mon corps me faisait mal tellement j'étais crispé. Je me hasardais à ouvrir brièvement les yeux.

<u>Journal de Bord N° 1</u>

Le Docteur était dans un long cylindre blanc où on ne pouvait distinguer la fin. Quelques secondes passèrent puis « Le Nautilus » se reforma jusqu'à retrouver son aspect sphérique.

— Année de Destination l'an 3000, lança JenIA d'un ton engageant.

<u>Visiteurs 3.1/Aujourd'hui</u>

Jen, Tony et Raphaël retinrent leur respiration. Bien que simples visiteurs dans les mémoires du Docteur, le fait de vivre la scène comme s'ils y étaient, avait tout de déstabilisant.

<u>Journal de Bord N° 1</u>

On put voir le Docteur activer le levier de gauche. Les anneaux commencèrent à ralentir. Au fur et à mesure, la chaleur extérieure pénétrait la sphère et des interstices commençaient à apparaître à travers le vaisseau.

— Enfin, je vais voir l'avenir, dit Greg sur son siège. On commençait à apercevoir un ciel magnifique d'un rouge flamboyant mélangé avec un bleu azur spectaculaire.

Mais soudain, une chaleur accablante empêcha le docteur de respirer correctement, il suffoquait, le teint de sa peau changeait, il allait perdre connaissance.

Tout redevint noir.

Visiteur 3.1/Aujourd'hui

— J'ai juste eu le temps de rompre la connexion avec « le Nautilus » avant de perdre connaissance.

— Greg ? s'inquiéta Jen.

— Ne t'en fais pas Jen, je vais bien, répondit-il avant de continuer.

— Un mal de tête insupportable s'était emparé de moi ; j'avais du mal à respirer, je sentais mon cœur battre sur mes tempes, je peinais à ouvrir les yeux. J'étais trop faible et déshydraté, je sentais que l'on me transportait, mais impossible de dire comment et où ? Je sentais ma conscience partir dans des rêves, on m'avait donc administré un sédatif.

Des flashs de souvenirs, c'est tout ce que purent voir nos trois spectateurs.

— Une fois ce produit dissipé, doucement je commençais à retrouver mes esprits, continua le docteur. Il est impossible pour moi de pouvoir dire combien de temps je suis resté inconscient. J'étais en total état de stress.

Journal de bord N° 1

Un bruit de goutte à goutte résonnait au loin ; doucement Greg ouvrait les yeux, impossible de dire combien de temps s'était écoulé.

Il se releva doucement, la tête encore lourde. Le Docteur était par terre dans ce qui pouvait ressembler à une cellule. Le sol était en terre friable et boueux, des barreaux venaient clôturer la pièce et l'humidité avait fait pousser de la mousse sur les murs qui paraissaient être en béton. Au loin, on pouvait entendre un bourdonnement.

Quelque chose bougea dans le coin de la pièce.

Greg sous la surprise, voulut se mettre debout, mais se rata et trébucha. Il regarda en direction de la pénombre, dans le coin, cligna des yeux, comme pour s'habituer à l'obscurité.

Au fur et à mesure que ses yeux s'habituaient, il put distinguer ce qui lui fit peur, il y avait allongé par terre un animal, attaché à une chaîne. Apparemment, il devait dormir, car il ne bougeait pas et Greg ne voulait pas le réveiller d'autant qu'il avait l'air plutôt imposant.

Des bruits de pas se rapprochaient, on pouvait les entendre résonner dans toute la cellule. Le docteur se mit debout immédiatement. Il put voir un homme avancer, vêtu d'une blouse blanche, un sigle que Greg ne connaissait pas sur le torse. Plutôt de petite taille, chauve, le regard brillant et triste, suivi par deux gardes, qui portaient le même signe sur le torse.

— Hallo ! Nombre, country, Koî si ti ? prononça le chauve.

— Je vous demande pardon ?

Le chauve ouvrit de grands yeux, il avait l'air interloqué.

— Namerikhme te fuera de limites, yes hangstanum yem ayn harts'in, Wer bist you ?

— Je suis vraiment navré, mais je ne comprends pas un mot de ce que vous me dites, répondit Greg.

Le chauve s'avança lentement vers les barreaux en le dévisageant, puis d'un mouvement de tête il indiqua à ses deux gardes d'ouvrir la porte.

Le Docteur eut un mouvement de recul comme pour se protéger, mais au même moment l'animal endormi jusqu'alors se mit debout. Il était magnifique, les poils étaient longs de couleur noire et feu, cela ressemblait à une race de chien, mais en beaucoup plus imposant. Il se mit le long du mur et ne bougea plus, comme s'il avait peur.

Le Chauve s'approcha de la bête en premier et s'accroupit à côté de lui.

— Die Quarantäne ist beendet, my pistos amigo, dit-il tout en le caressant gentiment, puis il le détacha. Le chien avait l'air heureux et se colla à lui comme pour réclamer de l'attention.

— Qant à nus, jé vudrois saboir qui vou zêtes ? Qé fazié-vus hor dé limite extérior abec cet étranche makine et surtut purkoi vus parlé une lanqe muerte ? L'accent du chauve était très prononcé et saccadé, mais ses tournures de phrases étaient parfaites.

Greg resta stupéfait devant ce curieux personnage.

— Tire isso ! ordonna-t-il à ses gardes.

Les deux gardes l'emmenèrent avec force, le docteur ne protesta pas, il sortait enfin de sa cellule. Ils marchaient maintenant dans un long couloir sombre et humide. On ne distinguait pas grand-chose, juste au loin le bout du tunnel avec une lumière blanche.

Il s'agissait d'un ascenseur, il y avait une vraie différence entre sa cellule rudimentaire et la technologie utilisée dans cet appareil.

Le chauve rentra en premier, une lumière rouge et verte parcourut son corps des pieds à la tête.

— Three pobl and one perrito, lança-t-il

Les gardes poussèrent Greg dedans et les portes se refermèrent.

Lorsque les portes de l'ascenseur s'ouvrirent, le Docteur ouvrit la bouche et de grands yeux. La lumière du soleil s'était emparée de lui. Il put voir un gigantesque dôme de verre au-dessus d'eux, tellement immense qu'on aurait pu le prendre pour le ciel, impossible de distinguer le début et la fin. Le petit groupe surplombait une gigantesque ville avec plusieurs quartiers bien distincts, avec devant lui des immeubles colossaux,, sur sa gauche des troglodytes, alignés et empilés sur au moins une centaine de niveaux avec pour seule distinction, les portes et les fenêtres identiques. En plein centre, cela ressemblait à un petit village où la vie régnait, avec des vêtements qui séchaient aux balcons, des petits marchés disséminés aux quatre coins de celui-ci et sur la droite, un immense lac sous-terrain dont on ne pouvait distinguer le fond, un petit port de pêcheur avec quelques bateaux prêts à partir. Le tout était très coloré et mélangeait à la perfection l'ancien et le moderne, mais il n'y avait aucune verdure, aucun arbre.

— Incroyable ! lâcha Greg.

Ils se trouvaient maintenant sur une plateforme, accrochée à la paroi rocheuse, au-dessus du vide. Le chauve actionna un bouton sur le bracelet à son poignet et la plateforme se mit à bouger et se détacha du mur. Ils survolaient à présent la cité.

Visiteur 3.1/Aujourd'hui

Jen, Tony et Raphaël se trouvaient eux aussi sur la plateforme aux côtes de Greg, ils se penchaient afin de ne rien louper de la cité. La découverte de cette civilisation les avait laissés sans voix. On pouvait lire sur leurs visages une foule de sentiments différents, de l'émerveillement à la peur.

Journal de Bord N° 1

Greg se retourna, il constata que sans cette plateforme, il était impossible de s'enfuir de cette caverne. Il ne voyait à présent qu'un minuscule trou dans le mur qui s'éloignait.

Le chauve était maintenant accroupi et caressait son énorme bestiau.

Ils survolaient maintenant les gratte-ciels, grands, tristes, de béton et de fer, rien à voir avec la chaleur et l'animation qu'offrait le village. Leur véhicule les déposa en haut du bâtiment le plus en retrait, ils descendirent de la plateforme et se dirigèrent vers la porte d'accès.

Toujours suivi de ses deux gardes, Greg avançait derrière la bête.

Celle-ci se retourna et prit le temps de l'inspecter, le renifla puis retourna auprès de son maître en remuant la queue. Des frissons avaient parcouru le corps du Docteur. À un contre un, il n'aurait aucune chance et finirait sûrement en casse-croûte.

Ils arrivèrent devant une porte, le Chauve appuya encore une fois sur son bracelet et la porte s'ouvrit. Il n'y avait qu'une table en fer, deux chaises et un grand miroir, d'environ un mètre sur trois mètres, incrusté dans le mur en face de la chaise, une salle d'interrogatoire tout ce qu'il y avait de plus basique.

Les deux gardes restèrent devant la porte et Greg se retrouva seul avec cet étrange personnage et son animal de compagnie.

— Asséyé-vus… si vus plé, dit-il toujours avec cet accent. Gezeten Kenino, dit-il en direction du molosse qui s'assit aussitôt sans quitter le Docteur des yeux.

— Jé mé prézente, jé souis Yemak, gardien dé notre cité et dé notre saboir.

— Votre savoir ? dit Greg surpris.

— Merci dé né po mé cupé la parol. Com jé lé Disé, notre saboir ui, notre société é la rézultante dé nombreuses éreur cosé dan lé pacé.

Com vus abez pu lé boir, nus bibons su tere, caché… abec dé rezource limité. L'atmozfèr extériore sur tute la zurface dé la Terre é débénu toxiqe é iréspirable, il é interdi dé si rendre, car vus vus metté en danché é si vus vus féte contaminé, vus pubé métre en péril tute la cité. Vus êtes résté en qaranténe abec Kenino qinze jur sus trétement, cé d'ailleurs lui qi vus a truvé.

Il désigna son chien de la main qui remua la queue.

— Kenino né sé trompe jamé sur les indibidu, il a risqé sa vi pur vus. Cé d'ailleurs pur céla qé jé vus lésse une chance dé vus expliqé é surtou dé m'expliqé cé qé cette choz ?

Le miroir qui était jusqu'alors normal devint transparent et on pouvait voir maintenant au travers et Greg put y reconnaître « le Nautilus » dans une pièce sombre remplie de personnes. Greg se leva d'un bon.

— Qu'est-ce que vous faites ?

— Nus décontaminon votre… jé né sé po encore cé qé cé, é nus léxaminon.

— Si je vous dis ce que vous voulez savoir, qu'adviendra-t-il de moi ?

— Cela dépen dé cé qé vus allé mé dire. Primère qéstion, qéss qé cé ? Yemak pointa du doigt le vaisseau.

Greg avait le visage sombre, il réfléchissait à toute vitesse.

— Mon moyen de transport.

— Qé fésié-vus hor dé limite ?

— Ça n'était pas prévu dans mes plans…

Yemak commençait peu à peu à changer de ton.

— Qell été vo plan, alor ?

— De l'observation principalement.

— Dans qell but ?

— Répondre à une obsession personnelle…

— Conéssé-vus Cebronya, Ryalba et Yatesli ?

Greg fit non de la tête.

— Eh bien céson lé dernière cité dé cé monde et ici vus ête à Asdebaro.

— Il ne reste que quatre cités dans toute l'histoire de l'humanité ?

Yemak ouvrit de grands yeux, il devait sûrement le prendre pour un fou ou il commençait à se douter de quelque chose.

— Il éxiste une cinqiém cité, Padizor, abec qi tut contact é rompu. Lé motivacion dé leur Gardien nus on déjà condui à plusurs confli… Mé si y a bien une choze qé listoire nus a enségné, cé qé dans notre situassion, nus né puvon continué dé metre cé qi réste dé la race humaine en danché.

Yemak se leva brusquement et regarda fixement cet étranger.

— Vus vené nus espioné ? Cé lui qi vus a enboyé ?

— Je ne sais pas qui est « lui »… répondit honnêtement Greg.

— Qé fésié-vus au zabor d'Asdebaro ?

— Je n'ai pas choisi d'arriver là !

— Com par machi vus choisissé d'aparétre qan no rélassion abec Padizor son au plu mal ?

— Écoutez, vous m'avez juste trouvé. J'étais au mauvais endroit au mauvais moment, répondit Greg nerveux. Un long silence s'ensuit, puis.

— Au maubais momen ? Le ton de Yemak avait soudainement changé, il se rassit et regarda fixement le docteur. Il jeta un coup d'œil à son chien qui lui rendit en se léchant les babines. Yemak pencha la tête en avant comme pour réfléchir et dit à voix basse.

— Sé pourét-il qé... Suibé-moi ! Yemak sauta de son siège, même Kenino fut surpris. Il ouvrit la porte et entama une longue marche, Greg le suivait ne sachant plus quoi penser. Tout en marchant, Yemak commença ses explications.

— Il fo qé vus sachié qé notre société é bazé sur la conéssonce. En effé, la dernière catastrofe enrechistré fut en l'an 2621. Un scientifiqe du nom de Garadrel mit o poin une esspérience qi engendra lé déclin dé la planète Terre tut entière.

Dès lor, lé peu d'être humin encor en vi décida dé confié ler abenir o persone pocédant la soif dé saboir afin d'ébité dé cometre encor é tujur lé mêm éreur é dé tiré dé lésson dé notre pacé.

Yemak arpentait les couloirs à vive allure en se retournant de temps en temps afin de voir si Greg suivait.

— Nus né possédons pa tut, bien sûr, mé notre bace dé saubegarde a répertorié absolumen tut cé qi è, é séra nécéssèr dan l'espoir dé sauvé cé qi reste dé l'umanité.

Le chauve rentra dans une pièce. Il y avait une table sphérique et une chaise devant avec plein de compartiments rangés le long des murs.

— Asséyé-vus jé vus en pri. Yemak faisait les cent pas autour de la table.

— Jé vus présente cel san qi nus n'existerion plu.

Greg était assis ne sachant pas trop où regarder.

— JenIA

— Quoi ? le Docteur sursauta.

— Bonjour Yemak, dit cette même voix que Greg connaissait si bien.

Voilà donc où il voulait en venir. Une tête apparut au-dessus de la table, JenIA était modélisée en 3D, un véritable choc pour le docteur.

Visiteur 3.1/Aujourd'hui

— Mais comment est-ce possible ? intervint Jen, en état de choc. Qu'est-ce que je fais là ? Pourquoi est-ce que JenIA porte mon visage ? Greg !

Ces deux compagnons de voyage étaient apparemment tout aussi surpris.

— Les réponses vont venir ne t'en fais pas, répondit la voix de Greg.

Journal de Bord N° 1

— Bonjour Docteur Belloch, JenIA le regardait, elle pleurait apparemment de joie.

— Cela fait près de 400 ans que j'attends de vous revoir.

— Mais je ne comprends pas...

— À votre mort vous avez fait don de ma version de l'époque à l'humanité et à la science. Je ne peux vous montrer des images ni même vous dire quand, car cela perturberait grandement votre vie et vous en savez déjà beaucoup trop, mais depuis ce jour, je m'efforce d'appliquer vos dernières volontés.

— Il nia qun sol docié qé JenIA a tujurs réfuzé dubrir, intervint Yemak.

— Le dossier de l'exposition de la M.S.I. c'est ça ? répondit Greg.

Yemak lui fit oui de la tête.

— Nus n'abons qé qelque témoignache dé l'époqe é absolument rien d'otre. Lé reste é à l'intérieur dé JenIA é el a touchour été trè clair à cé suchet : la sel personna ayan lé droi d'accè o dossié, cé vus.

Greg releva la tête pour regarder Yemak.

— Jé n'aribe pa à croir qé vus soyé là... Dan tute listoire dé lumanité, lé boyageur temporel é en face dé moi.

Yemak avait les yeux qui brillaient.

— Vus savé qé jusquà ce jur il y avè tutes sortes distoares vus concernan, très pe en révanche dize qe vus avieé réuci...

Greg avait la tête qui tournait, il avait beaucoup à digérer.

— Nus réprendron cet conberzation plu tar, dit Yemak. Je vé ordonné qe lon vus acompogne dan dé apartement afin dé vus reposé.

— Docteur, vous n'avez qu'à m'appeler si vous avez besoin de quelque chose, dit JenIA

— Fin Journal N° 1.

XVI

— C'est incroyable, incroyable ! dit Tony tout en enlevant son casque de connexion, Jen et Raphaël l'imitèrent.

— Oui, j'étais comme vous après avoir mis un certain temps à digérer mon arrivée. Je me disais que tout cela était sensationnel, dit Greg. Je passais beaucoup de temps avec Yemak qui m'expliqua le fonctionnement de la cité avec l'aide de JenIA, j'ai appris leurs coutumes et leur mode de vie ainsi que leur langue.

Chaque cité avait son propre dialecte, Asdebaro se situant en pleine Europe, leur langage n'était autre qu'un subtil mélange des langues pratiquées, forgé naturellement par les années écoulées. Le Gardien vous en a fait une petite démonstration au début du journal de bord N° 1.

Leur système économique était rudimentaire, mais pour le moins efficace. Absolument, tous les habitants de la cité possèdent des Rondars, c'est leur moyen de paiement, de petites sphères bleues taillées dans les minerais qui se trouvent au fond du lac souterrain. Ils ne travaillent pas pour eux. La seule façon d'en gagner, c'est pour services rendus, soit au sein de la cité, soit auprès d'autres habitants et c'est aussi simple que ça. Yemak m'expliqua comment ses prédécesseurs avaient réussi à changer les mentalités.

L'appât du gain et du profit furent remplacés dans les consciences par l'entraide et l'instinct de survie après la catastrophe de 2641.

Mais plus le temps passait, plus je trouvais Yemak soucieux et renfermé. Il venait me voir tous les jours et on passait énormément de temps à discuter, sa soif de savoir était insatiable. Il voulait que je lui raconte absolument tout de notre époque, que je lui explique l'effet que cela faisait de pouvoir marcher à l'air libre et ressentir le vent frais sur la peau lors d'un coucher de soleil.

— Bon, on continuera demain, dit Raphaël.

— Docteur Rodriguez regardez l'heure s'il vous plaît, répondit Greg légèrement amusé.

— Mais…

— Oui, il ne s'est passé qu'une seule minute, dit Greg.

Nous pouvons continuer. JenIA Journal N° 2 je te prie.

— En êtes-vous sûr ? dit-elle d'une voix soucieuse.

— Il le faut.

Journal de Bord N° 2

Greg était allongé sur un lit, on devait être le matin. Les murs étaient en roche de couleur jaune pâle, sa chambre donnait sur un autre espace à vivre dans lequel se trouvait une petite table avec deux chaises et un coin cuisine. C'était plus que suffisant pour quelqu'un de seul.

On cogna à la porte en fer. Le Docteur se leva pour aller ouvrir quand il entendit des rires d'enfants derrière la porte.

— C'est toi Mokina ? Greg ouvrit la porte pour tomber sur une petite fille au teint hâlé, les cheveux en bataille, des décorations plein la tête, vêtue d'un petit short vert et d'un t-shirt de toutes les couleurs les plus vives possible. Il lui manquait les deux dents de devant ce qui lui donnait un sourire plutôt amusant.

— Je t'attendais figure toi, dit Greg lui souriant à son tour. Sans dire un mot, la petite fille le prit par la main et ils sortirent tous les deux du logement.

La vue était à couper le souffle. Ils étaient devant la porte de l'habitation que Yemak avait mis à sa disposition et devant eux s'étalait la cité cosmopolite d'Asdebaro, toutes ces petites ruelles pleines de vie et de couleurs ; on pouvait entendre le son des voix de ces habitants, de temps en temps quelques cris, des rires et parfois des chants. Au fond, de l'autre côté, au dernier plan, il y avait le lac souterrain.

Sur la droite toujours logée dans le mur, la minuscule entrée par laquelle il avait découvert la cité lors de son arrivée, à cette différence que la plateforme volante était absente.

Yemak l'avait logé dans un des troglodytes. Une simple allée avec une rambarde les séparait du vide. Il y avait beaucoup d'animations autour d'eux. Greg tenait toujours la main de Mokina, ils traversèrent ainsi toute la longueur de cette gigantesque grotte. Au bout de l'allée, Yemak les attendait.

— Merci, Mokina, dit-il avec un grand sourire. La petite fille lâcha la main de Greg, elle lui fit un bisou et s'en alla en courant.

— J'ai la plus mignonne des geôlières, dit Greg avec un sourire.

— Alons né dits po ça, même si lé vré kil é plu prudon qé vus soyé abec el lorsk vus arpenté la cité, répondit Yemak avec une certaine malice.

— Vous pensez sincèrement que sa seule présence peut me protéger ?

— Enfin cé une enfan, ici percone ne s'ataquera à une pétite fiye.

Greg ouvrit de grands yeux.

— Comme quoi il y a eu du progrès finalement.

— Ah Ah, il fo aprendre dé sé ereure pur puboir fair du prézen un momen unique. Cé ce qe jessaye dé fair ici. Le gardien regarda sa cité avec fierté.

— Vus sabez, pur moi, ceci é mon prézen, é jé tien à chak perzone prézente à Asdebaro, sus ma résponsabilité. Tel é lé cerment qé jé fait lor dé ma priz dé fonction. Tute ma bie jé consacré a aprendre notre histoir, du nus bénons, pur pouboir

déssiné ou nus allons. Tus les habitan on placé ler canfiance en moi, jé né ve po les décéboir.

Ils marchaient tous les deux et descendaient tranquillement les marches en direction de la place centrale du village. Mais Yemak avait l'air plus soucieux que d'habitude.

— Que se passe-t-il ? demanda Greg.

— JenIA conté randu sil té plé !

Elle apparut instantanément en face d'eux et marcha vers eux.

<u>Visiteur 3.2/Aujourd'hui</u>

— Mais c'est moi ! fit Jen. Comment est-ce possible ?

— Je savais que ça n'allait pas te plaire, mais c'est une sorte d'hommage, lorsque j'ai donné JenIA à ma mort, ils ont donné l'apparence de ma… mon assistante… à mon intelligence artificielle, tenta de répondre Greg.

— Docteur ce n'est p… intervint l'ordinateur.

— Continuons ! coupa Greg embarrassé.

<u>Journal de Bord N° 2</u>

— Bonjour Docteur, bonjour Yemak.

— Bonjour JenIA, que se passe-t-il ? répondit Greg.

— La connexion avec Padizor est rompue, j'ai détecté des traces de mouvements dans notre direction depuis la surface. Apparemment, ils seront à nos portes dans cinq heures.

— Vus ête sûre dé cet informazion ? dit Yemak alarmé.

— Malheureusement oui, pas de doute possible… Vu la vitesse à laquelle ils se déplacent, il semblerait qu'ils soient en possession d'engins mobiles rapides et armés.

Yemak se retourna subitement vers JenIA, le regard sombre :

— Il na po ozé ? JenIA di moa qe cé né pa ça !

— Je crains que si, répondit-elle.

— Mais enfin de quoi vous parlez ? lâcha Greg un peu contrarié de ne pas comprendre. Yemak se mit à marcher au pas de course dans les rues d'Asdebaro.

— Pé aprè la catastrofe « Garadrel » en 2641, lé Gordien dé lépoke on mi un progeme en plaz. Afin dé sobé lé pe detre humin kil réstè, ils on déclaré lé armes en tu genre, tutes actions biolente, militère, d'opression enbers les peples ki compoz é reste dé lumanité : interdites et sanctionnables. Céla englobe oci tute lé manufactur darme.

— Eh bien c'est pourtant une bonne chose non ? questionna Greg, surpris.

Yemak avait le teint blanc et les yeux cernés à présent.

— Non... nu abons apri par la suite ké lé armes en kestion nabé pa été détruites, mé simplement dicimulé. Ils on régroupé la totalité dé arme dans un lie ténu sécré. Absolument pésorne né sabé où cét endroi étè caché...

— Comment Padizor y est-il parvenu alors ?

— Jé né boi ké de explicazion : Prémièrément, il zon parbénu a piraté lèr intéligenz artifiziel é on u accé o donés. Soi, é céla mé semble impozible, il zon convincu l'IA qun acte militère étè nécéssèr a ler salu é dan cé ca...

— JenIA est-ce possible ? demanda Greg

— Toutes les intelligences artificielles qu'ils restent sont issues de la JenIA dont vous avez fait don, répondit celle-ci.

Cependant, nous apprenons et nous réagissons en fonction de nos interlocuteurs. Donc nous sommes toutes différentes si j'ose dire. Toutefois, il me paraît fort improbable, même à Padizor, que l'IA donne accès à ce dossier.

— Conman oré til fé ? demanda Yemak.

— En cas d'urgence, nous pouvons nous contacter, je vais aller poser quelques questions, dit-elle avant de disparaître.

— OK... Que faisons-nous maintenant ? Greg était perdu.

— Il fo atendr lé retur dé JenIA é a partir dé la tutes lé options simpozeron del méme.

Elle réapparut.

— La connexion avec Cebronya, Ryalba et Yatesli a été faite. Elles se sont mises en alerte et organisent désormais leurs défenses au cas où elles seraient les suivantes à être attaquées et je nous suggère de faire de même, car je n'ai aucune réponse de Padizor...

— Mais attendez pourquoi s'attaque-t-il à nous ? interrogea Greg.

— Parcé ké nu some lé plu pré tu simploman. Yemak paraissait de plus en plus soucieux. JenIA pé tu nu montré la cart du monde en lan 2460 sil té plé ?

Une carte apparut devant eux.

— Boici la karte del mond tél ké vu la conéssé, a botre époque.

Il y avait devant Greg une grande carte qui s'animait avec les pays et les capitales ainsi que les différents indices de population et de richesse pour chaque pays. On pouvait lire en haut population mondiale : 10 456 397 298.

— A prézen la carte du monde actuèl.

La carte se modifia, là où auparavant il y avait le nom des villes et les indices de population tout s'effaça, plus rien n'était affiché. Il restait sur la carte cinq villes éparpillées sur tout le globe terrestre :Asdebaro au niveau des Alpes en Europe ; Yatesli entre anciennement la Chine et le Tibet ; Ryalba en Amérique du Sud ; Cebronya en Afrique Centrale et enfin Padizor qui se situait juste en dessous du cercle polaire. L'indice de population était à présent à 12 564 987 d'individus.

— Mais c'est abominable !

— Vu compréné minténan ? Yemak regarda très attentivement le Docteur, songeur puis se retourna vers la carte.

— JenIA… jé naribe pa a croir ké jé vé prononcé cé mos, paz en alerte ruge, fermé tutes les izus, prebien la populazion, tute exurzion extérieur anulés. Jé be un maximum dé bolontère pur défendre Asdebaro. Mé la garde à la protéczion dé bilageois réstant, sur « l'Îlot » !

À ses ordres, le gigantesque plafond de verre engagea sa fermeture par d'énormes panneaux d'acier, une ambiance sombre commença à gagner la cité.

JenIA apparut devant chaque citoyen dans toutes les rues de la ville afin de leur expliquer la situation.

— Nu abon cink her pur etre pré, dit Yemak en se dirigeant vers les buldings.

— Qu'est-ce que « l'îlot » ? demanda Greg, rendu nerveux à son tour par la tournure que prenaient les événements.

— Un réfuge dicimulé o fon du lac, en cas dé bezoin. Il y é impozible di alé sans bato.

— Mais JenIA nous a dit qu'ils avaient des engins mobiles, si jamais ils passent le lac, vous envoyez tous ces gens à une mort certaine.

Yemak se retourna d'un coup sous l'effet de la colère.

— Régardé autur dé vu, ké vulu vu ké jé face ? Il n'y a ké dé hommes, dé femmes et dé enfants ki pensent ké la guerre bien din notre age. Pérzone né préparé a ca !

Greg ne dit plus un mot et réfléchissait aussi vite que possible. Ils arpentèrent les rues à toute vitesse.

Visiteur 3.2/Aujourd'hui

— La panique montait en intensité au fur et à mesure que les heures s'écoulaient. Si je peux vous donner un conseil pour la suite, essayez de rester calmes et de respirer profondément, dit Greg à ses trois observateurs.

— Votre rythme cardiaque s'accélère, dit le docteur Rodriguez, je me dois de vous déconseiller tout état de stress brutal.

— Merci Docteur… lâcha Greg sans prendre en compte les paroles de ce dernier.

Journal de Bord N° 2

Il régnait maintenant dans la cité une atmosphère sombre, simplement éclairée par les néons des rues.

Les citoyens couraient dans tous les sens avec leurs baluchons et leurs enfants à chaque bras.

Ils arrivèrent au port où les bateaux commençaient déjà à se remplir. JenIA était un peu partout et dirigeait et rassurait chaque citoyen qui en avait besoin.

— Bien, JenIA jé té lésse ici géré lé opérazion, jé vé organizé notre défenz abec lé gardes. Quan a vu docteur, ké vulé vu fére ?

Le choix était plutôt simple en fait, soit Greg restait caché sur l'îlot à attendre que l'orage passe, soit il restait aux côtés du gardien et se préparait pour la future confrontation.

— Je vous accompagne ! dit Greg sans hésitation.

Ils se dirigèrent tous deux vers l'une des plateformes volantes qu'il y avait non loin du port.

Ils arrivèrent sur l'un des bâtiments, plus petit que les autres. Ils avançaient tous deux au pas de course, Greg suivait perdu dans ses pensées.

Yemak arriva à une porte, l'ouvrit en trombe, descendit l'escalier devant lui. Il courait à présent dans les couloirs, tourna à gauche et arriva dans un grand hall.

De grands lustres au plafond éclairaient cette salle immense. Les murs étaient en brique rouge et des bureaux étaient alignés en bas du grand escalier qui leur faisait face.

— Un commissariat ? s'étonna Greg.

— Nu nemprizonnon perzone ici docteur, cé pluto la garde dé protéczion dé citoyin, la GPC pur etre egzact, répondit le Gardien légèrement essoufflé suite à sa course dans les escaliers. Yemak se mit face à son auditoire, ils étaient déjà tous rassemblés et attendaient leurs instructions, grâce à JenIA qui leur avait déjà fait un briefing.

— Como você ja sabe, Padizor non risponde più alle nostre chiamate. Nach JenIA, Sie Werden dort Sein. Armed, Moramo se pripremiti za najgore. Quiero quatro bigadas en cada entrada. Ja kuusi muuta portti. The most important thing is : Sové lé citoiens d'Asdebaro.

Visiteur 3.2/Aujourd'hui

— JenIA passe au journal N°3, je te prie, coupa le Docteur.

Jen hurla sous l'effet d'une explosion, Raphaël et Tony sursautèrent tout autant !

— Mais bon sang ! lança Tony, tous les sens en alerte.

— C'est pas vrai… sursauta le docteur Rodriguez.

Journal de Bord N° 3

Greg courait le long de l'une des passerelles au niveau des troglodytes non loin de son petit appartement. La ville entière était submergée par les explosions et le chaos.

Tout autour de lui, les gens criaient et paniquaient.

Au-dessus de la ville, de grands vaisseaux flottaient dans les airs et tiraient, et bien que la technologie qui composait ces énormes bâtiments volants semblait avant-gardiste, ces derniers avaient l'air de vaisseaux fantômes vieux et abîmés.

Il continua sa course folle et essayait de ne pas regarder les corps inertes sur le sol.

Une explosion le prit par surprise et l'envoya dans les airs, la terreur se lut dans son regard. Il était à présent au-dessus du vide sans rien autour pour se rattraper, il avait franchi la barrière de sécurité à trois mètres au-dessus du sol, s'il tombait, cela serait une chute fatale sur plus d'une centaine de mètres.

Greg ferma les yeux, résigné.

<u>Visiteur 3.3/ Aujourd'hui</u>

— GREG ! hurla Jen, terrorisée par la vision du Docteur dans le vide.

<u>Journal de Bord N°3</u>

Il atterrit violemment sur une des plateformes volantes, la même qu'il avait empruntée lors de son arrivée, il était complètement abasourdi.

— Vous allez bien docteur ? demanda JenIA.

— Je... NON ! lança Greg.

— Calmez-vous et restez accroupi.

La plateforme s'éleva dans les airs, JenIA debout aux commandes, immobile à l'avant.

Elle feint à droite pour esquiver l'un des tirs du vaisseau stationné au-dessus d'eux. Elle remonta encore afin que les tirs ne visent plus la population. Pas de doute, ils l'ont pris pour cible, JenIA accéléra, la plateforme tremblait sous les doigts de Greg.

— Que comptes-tu faire ?

— Cette plateforme ne possède pas d'armes, mais peu en devenir une, calculs trajectoire en cours. Docteur vous allez devoir sauter !

La course-poursuite avait commencé. JenIA réussit à esquiver plusieurs tirs, mais fut touchée et un bout de la plateforme explosa. Elle penchait dangereusement et bientôt elle ne volerait plus. Sous l'effet de l'explosion, Greg fut envoyé à l'autre bord et commençait à glisser sans rien pour se rattraper.

— À mon signal Docteur, vous sautez !

— Quoi ?

— Sautez ! ordonna JenIA.

Greg réussit à se donner une impulsion et sauta. Elle avait visé le lac. Il eut le temps de voir dans sa chute la plateforme foncer vers le vaisseau ennemi : elle plongea en piqué puis remonta d'un coup et allât éventrer leurs assaillants dans une gigantesque explosion.

Au moment où le Docteur sortait la tête de l'eau, le vaisseau touché piqua du nez et alla s'écraser au niveau du petit port. Greg nagea pour regagner la rive face au spectacle, impuissant.

JenIA avait pris les commandes de toutes les plateformes de la ville et commença son ballet aérien en esquivant les tirs avec certaines, d'autres fonçaient pour s'écraser contre l'ennemi.

Même dans l'eau, on put voir Greg ressentir l'effet des déflagrations.

Le vaisseau restant commençait à fumer, puis dans une énorme explosion, rendit les armes et s'écrasa sur l'autre tombé plus tôt.

Des corps en feu s'agitaient dans tous les sens, sûrement quelques survivants des crashs. Le Docteur arriva sur l'un des pontons et se hissa hors de l'eau où JenIA l'attendait.

— Vous allez bien ?

— Merci d'avoir visé le lac.

— Ce n'est rien Docteur, trajectoire nécessaire afin de faire tomber l'ennemi.

— Merci d'avoir pensé à me sauver alors, ironisa-t-il.

— Si cela peut vous rassurer, vous étiez l'un des paramètres pris en compte.

— Très rassurant effectivement.

— Dépêchez-vous ! Il faut que vous rejoigniez Yemak au GPC.

— Mais c'est à l'autre bout de la ville ! s'horrifia Greg.

— Je vais vous indiquer le chemin, répondit JenIA se voulant rassurante.

Greg était à bout de souffle son cœur battait comme jamais.

Ils arrivèrent dans le village, étrangement calme. Le Docteur longeait les murs en faisant le moins de bruits possible. JenIA apparut :

— À droite vite !

Greg s'engouffra dans un petit cul-de-sac. À l'oreille, il put entendre des pas de course et des cris. La respiration saccadée et tous les sens en alerte, il attendait les nouvelles consignes.

— Toujours tout droit sans vous arrêter à pas lents, puis à la bifurcation en T, attendez mes nouvelles instructions.

Greg se leva et commença sa marche. Il avait la respiration lourde, sa poitrine faisait des bonds, il tremblait de toute part. Tout autour de lui s'étalait l'horreur de ce conflit, des ruines voilà tout ce qui restait du petit village si vivant. Des corps sans vie, des traces de luttes.

Il continua sa progression sans faire le moindre bruit. De temps en temps, on pouvait entendre quelques cris qui paraissaient lointains, quelques explosions, mais le plus dur c'était ce silence lourd et pesant.

Greg arriva à la bifurcation et ne bougea plus.

Soudain, il ouvrit de grands yeux, en face de lui une fenêtre était cachée derrière des volets à demi fermés.

Greg distingua un homme de dos, il semblait en pleine discussion, il fit un mouvement et Greg put voir le manche d'une arme. Il ne fit plus aucun mouvement, si jamais l'ennemi se retournait et le voyait ça serait fini.

— Baissez-vous très lentement et accroupissez-vous contre le mur de la fenêtre, dit JenIA à voix basse.

Tremblant, il s'exécuta et se mit à marcher à quatre pattes droit vers le mur et s'assit contre celui-ci pour reprendre un peu ses esprits.

— Sur votre droite à 150 mètres, il y aura un trou dans le mur d'une maison, même côté, à mon signal sprintez de toutes vos forces et sautez par ce trou puis ne bougez plus.

Greg respirait fort, il essuya d'un mouvement son front trempé et attendit le top départ.

— Courez !

Il s'élança, à ce moment-là. On pouvait voir que Greg était athlétique. Deux inspirations et trois expirations afin d'éviter le point de côté, les veines de son cou commencèrent à sortir, il grimaça sous l'effet de l'effort. Il garda la cadence encore et encore sans jamais ralentir ; bien au contraire, la peur et l'adrénaline le firent encore accélérer bien qu'il eût les jambes tremblantes.

Il réussit à atteindre sa porte de sortie. Il glissa sur la poussière des gravas pour stopper sa course et sauta par le trou dans la maison. Quelques secondes après, un énorme véhicule armé passa devant la maison.

Greg n'aperçut que le bas de l'engin qui flottait au-dessus du sol et le canon d'une arme pointée dans sa direction.

Greg reteint le peu de respiration qui lui restait.

L'ennemi continua son chemin. Greg se mit à respirer de nouveau, allongé sur le sol, sa poitrine montait et descendait. JenIA apparut dans le salon avec lui.

— JenIA, peux-tu afficher la carte et me dire où j'en suis s'il te plaît ? Il s'assit en tailleur le souffle court. La carte apparut devant lui.

— Il vous reste trois kilomètres et huit cent soixante-quatorze mètres. Nous allons devoir continuer à travers le village puis contourner la nouvelle ville par la gauche afin de passer par derrière le bâtiment du GPC.

— Où est Yemack ? interrogea Greg à bout de souffle.

— Il dirige les opérations de défense dans un abri et nous allons le rejoindre.

— Est-ce que j'ai une petite chance d'y arriver ?

— Je ne pense pas que vous vouliez entendre mes statistiques Docteur, dit JenIA sur un ton faussement rassurant.

— Charmant !

— Il ne faut pas traîner. Derrière vous, passez le salon puis traversez par la porte d'entrée. Vous allez vous retrouver dans le hall du bâtiment au rez-de-chaussée.

Allez jusqu'à la grande porte.

Greg se leva péniblement, courbaturé et en sueur. Il franchit la porte et le hall.

Il se figea, des ombres passèrent derrière la porte et une resta sur place sans bouger.

— Il va falloir l'assommer, chuchota JenIA.

— Et s'il est armé et qu'il donne l'alerte ?

— Soyez vif ! dit-elle avant de disparaître.

Greg n'en revenait pas. Il se mit à réfléchir en regardant autour de lui à la recherche d'un objet pour l'aider.

Le hall était vide, aucun n'objet ne lui convenait. Il se retourna vers la porte puis ferma les yeux. Il mit la main sur la poignée, prit quelques inspirations pour se donner du courage, ouvrit les yeux puis ouvrit la porte tout en douceur.

Greg se retrouva juste derrière l'ennemi. Il était grand et tenait une arme à l'aide d'une sangle.

Il lui sauta dessus et l'entraîna dans le hall à l'abri des regards. Greg avait pris la sangle de son arme et tentait de l'étrangler. L'homme se retourna les yeux exorbités et rouges de sang. Il essaya de se défendre en envoyant un crochet du droit dans les côtes du Docteur qui vacilla sous l'effet du choc, mais tint bon.

Sa proie lui fit un croche-patte, mais Greg ne lâcha pas la sangle et l'homme lui tomba dessus. Il resserra sa prise et serra le plus fort possible, tout en essayant de rester silencieux.

L'homme, la sangle autour du cou, ne pouvait plus crier, il se débattait, comme possédé. Le Docteur se cramponnait tant bien que mal. Dans un effort surhumain, sa victime se redressa et souleva Greg de terre qui tenait maintenant sur son dos. Greg se fit écraser de tout son poids contre le mur, une fois, deux fois, puis dans un dernier souffle sa proie tomba à genoux. L'homme manqua d'air et s'effondra, encore quelques tremblements puis plus rien. Greg lâcha prise et se rendit compte que ses mains saignaient et qu'il avait des crampes aux bras. Il resta les yeux fermés allongé sur le sol afin de récupérer quelques forces. Du coin de l'œil, il vit que la porte était entre-ouverte et du bout du pied, il la ferma tout doucement.

— Docteur ? JenIA réapparut.

Greg se redressa tremblant, les mains rouges de sang, les yeux humides.

— Allez dans la pièce du fond, c'est une buanderie, prenez la trousse à pharmacie et soignez-vous, il ne faut pas que vous restiez comme ça.

Il se leva et laissa derrière lui un corps inerte et deux traînées de sang.

— Docteur, prenez son arme.

— Je suppose qu'il n'y a pas d'autres options ? Greg revint à côté du corps, il ne le regarda pas et s'empara de son arme.

— Bien, comment ça marche ?

— Je suis désolé, mais je ne peux vous aider sur ce point. Ce dossier est inaccessible.

— Tu plaisantes ?

— Programme Garadrel de 2641. Docteur, je ne peux passer outre.

— Et comment expliques-tu que nos assaillants les utilisent alors ? s'impatienta Greg.

— Je mène justement mon enquête à ce sujet.

Greg regarda l'objet entre ses doigts. Bien entendu, il savait théoriquement se servir d'une arme, mais celle-ci datait du XXVIIe siècle.

— Je peux l'essayer ?

— Négatif, ennemi à proximité, la voix de JenIA trahissait son inquiétude.

— Alors, qu'est-ce que je fais ?

— Continuez de m'écouter et d'avancer Docteur.

À ces mots, il régla la sangle et cala l'arme dans son dos.

— C'est quand tu veux, fit Greg, feignant d'être prêt.

— Ouvrez la porte, en face de l'autre côté de la rue, il y a un petit bâtiment sur trois étages, rentrez-y et gravissez les escaliers afin d'atteindre le toit.

Attention Docteur, le timing pour traverser la ruelle, va être serré. Il y a des patrouilles qui rôdent.

Greg ouvrit la porte doucement et se tint prêt.

— Sur votre gauche un ennemi de dos à cinquante mètres, s'il vous entend il donnera l'alerte. Sur votre droite, à vingt mètres, dans une rue adjacente, un petit groupe de cinq individus se rapproche alors allez-y, sans faire le moindre bruit et le plus vite possible.

Greg ne réfléchit plus et sortit sans courir, mais en allongeant le pas. La rue n'était pas si longue à traverser, mais le fait qu'elle soit en pierre renvoyait de l'écho à chaque bruit. On pouvait entendre les pas de la patrouille se rapprocher.

Greg était presque arrivé à la porte quand son pied heurta l'un des gravats au sol plus volumineux que les autres. Les ricochets de la pierre firent suspendre le temps.

Elle rebondit encore et encore et avec elle, son bruit d'impact amplifié par les murs en pierre.

Greg franchit la porte les yeux fermés, attendant le verdict. JenIA intervint.

— Courez ! Je vais les retenir.

Greg prit les marches quatre à quatre afin de gravir les étages. Au même moment, les bouches d'incendie de la ruelle se déclenchèrent afin de retarder le groupe qui l'avait pris en chasse. Arrivé en haut des marches, il ouvrit la dernière porte qui donnait sur le toit. JenIA se matérialisa.

— À gauche puis sautez sur l'immeuble d'en face.

Greg sprinta pour prendre son élan et sauta sans aucune hésitation, il atterrit sur une jambe ce qui l'obligea à faire un roulé-boulé.

— Recommencez avec l'immeuble d'en face, dit JenIA en se matérialisant juste au bon moment pour aiguiller Greg dans sa course.

Le Docteur s'exécuta, sauta, il esquiva de justesse les tirs.

L'ennemi le suivait apparemment du sol.

Il atterrit et se releva la respiration courte. Du coin de l'œil, il put voir des hommes sur le toit qu'il venait d'emprunter, l'imiter, ils étaient trempés.

— Docteur, l'immeuble d'en face, sautez sur l'un des balcons et passez par la fenêtre, rentrez dans le bâtiment et montez encore.

Il redémarra et se retourna face à l'immeuble, prit une grande inspiration et sauta sur le premier balcon qui venait. Avec son élan, il présenta son épaule, explosa la fenêtre et se retrouva dans un petit salon.

Greg se releva et se dirigea vers la porte d'entrée, prit le couloir, JenIA était derrière la porte.

— À droite, au fond du couloir la porte de gauche et montez !

Des bruits de destruction sortaient de l'appartement, ses poursuivants le talonnaient.

Au bout du couloir, la porte ne voulut pas s'ouvrir.

Premier reflexe, Greg essaya de l'ouvrir avec son épaule, mais la porte métallique ne bougea pas. Il prit son arme, il visa la serrure et appuya sur la détente, une déflagration bleue sortit du canon. La serrure de la porte se désintégra immédiatement. Il eut juste le temps de pousser la porte avec un grand coup de pied, au même instant deux tirs le manquèrent et vinrent se nicher dans le mur.

Greg montait à présent les marches sans se retourner. Il entendait dans la cage d'escalier que l'ennemi n'était pas loin derrière lui. Arrivé en haut des marches, il passa la porte et se retrouva dehors.

— Barricadez la porte avec la table et les chaises de la terrasse ! ordonna JenIA

Bien qu'il fût en fer forgé, Greg bougea le mobilier grâce à l'adrénaline.

À peine avait-il fini de poser la table que des coups de feu traversèrent la porte.

— Docteur la voie terrestre est de nouveau sûre, il va falloir redescendre.

— Et comment je fais ça ? demande Greg à bout de souffle en total état de stress.

— Descendez par la descente de gouttière jusqu'à la corniche puis attrapez la corde à linge et coupez-là. Selon mes calculs, le mouvement de balancier vous fera atterrir sans trop de dégâts.

Greg se pencha pour voir la hauteur de l'immeuble, un frisson le parcourut puis il s'accroupit et attrapa le tuyau des deux mains. Il avait désormais le vide derrière lui et commença sa descente. Ses pieds touchèrent la corniche, au même moment sa barricade de fortune explosa ainsi que la porte du toit. Il attrapa la corde à linge qui était faite en acier.

Greg n'avait qu'un seul moyen pour la couper : il prit son arme et visa l'accroche murale, tira à bout portant. La détonation et l'explosion lui firent perdre l'équilibre, il ajusta sa prise tant bien que mal à cause de ses mains meurtries par son combat, et tomba de l'immeuble.

Le bruit engendré par la détonation avertit l'ennemi sur le toit et ils commencèrent à tirer sur Greg accroché à son câble.

— Lâchez tout Docteur et mettez-vous à l'abri ! cria JenIA qui l'attendait en bas.

Avec l'élan, Greg atterrit comme il put et se retrouva face contre terre. Il se releva en boitant pour se mettre à l'abri au coin de l'immeuble. Il n'eut pas le temps de reprendre ses esprits que JenIA lui ordonna de continuer.

Il longeait maintenant l'immeuble en courant, ses poursuivants ne tarderaient pas. JenIA apparaissait au coin des bâtiments pour lui indiquer le bon itinéraire. À droite, puis à gauche, le souffle de Greg était de plus en plus court.

Soudain,en passant devant une petite ruelle, il aperçut l'immeuble du GPC.

— Combien de distance me reste-t-il ? lança-t-il.

— Un kilomètre deux cent quatre-vingt-onze mètres.

Le docteur n'en pouvait plus, sa jambe lui faisait mal et il se tenait à présent les côtes.

— Au bout de la ruelle sur votre gauche, il y a une porte. Allez-y !

Obéissant, Greg se précipita, tourna la poignée et se retrouva dans le noir complet.

— JenIA ? interrogea-t-il.

— Laissez-vous guider Docteur, sans faire de bruit, lui répondit-elle en chuchotant.

Au loin dans le noir, une faible lueur s'avançait vers lui. Au fur et à mesure, il commençait à distinguer une bougie, puis une main, un bras, jusqu'à :

— Mokina ? dit Greg surpris en reconnaissant sa petite geôlière.

Il sursauta, il n'avait pas vu Kenino qui vint le renifler et remua la queue l'air satisfait. La petite fille le prit par la main et l'emmena dans l'obscurité, la bête ouvrant la marche. Ils marchaient en silence. Après avoir descendu plusieurs escaliers, passé plusieurs couloirs, ils se retrouvèrent dans les égouts.

Tandis que dehors un vacarme infernal se faisait entendre, les murs tremblaient, laissant un nuage de poussière stagnant devant eux. Des bruits d'explosions, des hurlements, des tirs, le bourdonnement des véhicules qui leur passaient juste au-dessus.

Kenino s'arrêta net, les poils de son dos, éclairés par une grille d'aération juste au-dessus, se dressèrent. Il avait dû sentir quelque chose, car dans ce nuage de poussière, il était impossible de distinguer âmes qui vivent.

Il se coucha de tout son long et Mokina tira le bras de Greg afin qu'il l'imite. Une fois au sol, elle éteignit la bougie. Des bruits de pas résonnaient maintenant, puis des voix qui se rapprochaient d'eux.

Kenino bondit d'un coup et disparut dans la pénombre droit devant. Ce qui se fit entendre par la suite laissait envisager que le chien n'avait pas fait dans la demi-mesure. Des hurlements, des grognements sauvages, le bruit dérangeant des membres qui cèdent et de chairs déchirées, le tout couvert par le son apocalyptique provenant de la rue.

Par instinct, Greg protégea Mokina dans ses bras et lui couvrit les oreilles de ses mains. Ils restèrent ainsi quelques minutes sans bouger.

Une truffe humide vint à leur rencontre, les renifler, Mokina se releva et lui fit plein de caresses pour le remercier. Kenino ouvrit de grands yeux et remua la queue, content d'être félicité puis il regarda Greg en penchant la tête sur le côté, la langue pendante.

— Oui, bravo mon vieux, lui dit Greg en lui tapotant le flanc pas rassuré du tout.

Il n'en fallut pas plus pour qu'il reparte ouvrir la marche joyeusement.

Le Docteur prit Mokina dans ses bras et ils passèrent devant les corps mutilés sans y jeter un regard. Ils arrivèrent à un croisement, prirent à gauche et continuèrent leur marche. Arrivé au bout du tunnel, Kenino s'assit, Greg posa Mokina :

— Qu'est-ce qu'on fait ensuite ? lui demanda-t-il.

Un coup se fit entendre, puis le bruit d'un verrou métallique résonna. Cachée dans la pénombre, une porte dissimulée s'ouvrit et deux mains apparurent poussant le montant de la porte. Un homme en sortit, grand, brun le regard noir et intelligent, le même teint de peau que Mokina. Il était suivi de JenIA.

— Venez Docteur, dit-elle. Vous allez pouvoir rester ici un moment.

Mokina sauta dans les bras de l'homme et l'embrassa chaleureusement.

— Je suis très fier de toi, dit-il à Mokina tout en tendant la main à Greg. Je suis Farro, responsable du site B.

— Merci d'avoir envoyé ces deux-là à ma rescousse.

— Je n'ai pas vraiment eu le choix, c'est Mokina qui a agi toute seule dès qu'elle a su où vous vous trouviez.

Heureusement que Kenino et elle sont inséparables.

— Eh bien, je vous dois une fière chandelle à tous les deux, dit Greg avec un sourire reconnaissant.

— Venez, il ne faut pas rester ici trop longtemps, intervint JenIA en disparaissant.

Greg suivit Farro, passa derrière la porte. Une fois tout le monde derrière, le responsable enclencha le verrou.

— Suivez-moi, dit-il en ouvrant la marche.

Au bout de quelques minutes, ils arrivèrent au site B.

Fin du Journal N°3.

XVII

— Docteur, je préconise de faire une pause, suggéra JenIA.

Jen, Tony et Raphaël enlevèrent le casque de connexion. Il leur fallut un peu de temps pour se réadapter à l'environnement de la chambre. Personne ne prononça le moindre mot, le plus difficile était pour Greg.

Il était en sueur et respirait fort :

— Si cela ne vous dérange pas, dit-il en enlevant son appareil, peut-être pourrions-nous continuer demain ?

— Cela me paraît raisonnable en effet, renchérit le docteur Rodriguez.

Jen rangea la boîte noire et les casques dans le petit meuble à droite du lit et enlaça Greg pour le réconforter, il lui rendit son étreinte.

Tony était en nage, le regard vide. Son corps était parcouru de tremblements. Son frère se rapprocha de lui.

— Tony ? s'inquiéta Raphaël.

— Ce n'est rien, lui répondit-il, quelques traumatismes dus à mes années de service, cela va passer.

— Je te prépare une chambre de suite !

— Non merci je préfère rentrer chez moi. Docteur Belloch, je vous dis à demain, dit Tony en quittant la chambre.

— Je te retrouve demain, d'accord ? dit Jen.

Greg était dans ses pensées et lui répondit de façon vague.

— Si jamais vous avez besoin de quoi que ce soit, intervint Raphaël, surtout n'hésitez pas !

— Merci, répondit-il, toujours dans le flou.

— Docteur Marty, je vous raccompagne à l'entrée ? demanda poliment le Dr Rodriguez.

— Je vous suis Docteur, merci.

Greg se retrouva seul dans sa chambre, pas un bruit, pas un son ne venait perturber ce silence. Juste quelques larmes qui tombaient en faisant « ploc » sur son drap.

— Ça va être dur, dit-il pour lui-même.

XVIII

Tony marchait dans ses pensées. Il avait préféré une balade en passant par le centre-ville plutôt que d'utiliser le AirTarget. Son expérience dans les journaux de bord du Docteur Belloch l'avait fortement ébranlé. Jamais il n'aurait pensé devoir revivre une guerre de si près. Tout cela lui paraissait tellement abstrait et pourtant tellement réel.

Pendant qu'il marchait, il ne pouvait s'empêcher de regarder autour de lui et de faire une comparaison avec ce qu'il avait vu plutôt.

Absolument tout ce qui m'entoure, se dit-il, tout cela va disparaître.

La mine basse, il arriva enfin à son bureau, déverrouilla la porte puis franchit le seuil.

Machinalement, Tony alluma l'ordinateur. Il sortit le scan, regarda dedans puis alla dans la salle de bain afin de se rafraîchir. Il tremblait encore. Soucieux, il regarda le petit tiroir sous l'évier dans lequel il avait rangé les pilules que l'armée lui avait données en cas de rechute.

Alors qu'il était dans ses pensées, un bruit de fond vint le perturber. Il chercha ce que cela pouvait bien être. Sûrement la musique, se dit-il, il avait dû l'allumer machinalement. Mais non, son installation était éteinte, alors qu'est-ce que c'était ?

Il se retourna d'un coup vers son bureau, c'était lui qui envoyait ce son.

Il prit sa chaise et s'installa. Il regarda l'hologramme qui venait d'apparaître. Il n'en croyait pas ses yeux, une partie de « BLOC » avait fonctionné et avait enregistré les journaux de bord du docteur Belloch. Il avait le son et le texte qui défilait, rien d'autre. Ainsi il écouta :

— *Hallo ! Nombre, country, Koî si ti ?* prononça une voix d'homme. Que Tony reconnu aussitôt, c'était le Gardien d'Asdebaro, Yemak.

— *Je vous demande pardon ?* répondit la voix du Docteur Belloch.

Tony ouvrait de grands yeux. Cela lui faisait froid dans le dos.

— Mais comment est-ce possible ? Ordinateur, enregistrement fichier, nom : Le voyageur temporel, dit-il excité.

XIX

Jen était arrivée de bonne heure, Raphaël était debout dans la chambre à côté du Docteur :

— Ça y est, notre journaliste est en route, dit-il, avez-vous besoin d'autre chose ? dit-il tout en mettant fin à sa communication.

— Non je vous remercie, répondit Greg.

— Tu as pu te reposer cette nuit ? interrogea Jen.

— Non, tout cela est très étrange pour moi, tu sais ? Cela faisait longtemps que je n'avais pas dormi dans un lit comme celui-ci.

Jen resserra ses doigts autour de ceux de Greg.

— Combien de temps as-tu dit que tu étais parti ?

— Pas loin de trois ans et demi, répondit Greg.

Jen n'arrivait toujours pas à y croire. Lors de son réveil, l'expérience qu'ils avaient eue la veille au soir lui paraissait être encore un mauvais rêve.

Greg, la voyant soucieuse, essaya de la rassurer.

— Ne t'inquiète pas, lui dit-il, je suis rentré maintenant.

— Oui, mais dans quel état ? dit son assistante déconfite.

— Vous n'allez pas tarder à tout comprendre. Bientôt, vous saurez.

Raphaël s'approcha d'eux et vérifia les perfusions de son patient.

— Je repasserai lorsque nous serons au complet, dit-il amicalement.

— Merci, dit Jen, reconnaissante.

Ils restèrent tous les deux dans l'ambiance feutrée procurée par les rayons du soleil qui passaient au travers les lattes du rideau de fer accroché à la fenêtre.

— Greg ? lança Jen.

Il la regarda avec un léger rictus bienveillant, attendant sa question.

— Nous avons programmé ensemble JenIA et nous avons élaboré ses programmes. Je la connais aussi bien que toi. Hier soir, lors de notre connexion au Journal de bord N°2, tu lui as coupé la parole lorsque je me suis rendue compte qu'elle avait pris mon apparence. Je peux te demander pourquoi ?

— Eh bien parce que je ne peux pas te révéler les raisons qui font que JenIA a tes traits, voilà tout, lui répondit Greg, avec un grand sourire.

— Tu me caches quelque chose ! dit-elle feignant d'être vexée.

— Crois-moi, quand je te dis que lorsque tu sauras, tu seras aussi abasourdie que moi la première fois qu'on me l'a expliqué.

Jen le regardait le regard plein d'interrogations, essayant de comprendre, en vain.

On frappa à la porte et les deux frères entrèrent timidement.

— Bonjour Docteur, dit Tony en lui tendant la main.

Cette fois Greg lui rendit sa poignée de main.

— J'espère que vous allez mieux ? demanda-t-il.

— Ne vous inquiétez pas, ce sont de vieux traumatismes dus à mes années de service au sein de l'armée.

— Oh je vois, le regard de Greg avait changé. À l'avenir, si jamais vous ressentez les moindres difficultés lors de nos excursions, j'aimerais que vous m'en fassiez part, je peux compter sur vous ?

— Oui bien sûr, mais pourquoi ?

— Eh bien parce que c'est loin d'être fini, lui dit-il soucieux à présent pour le journaliste.

Tout le monde était maintenant équipé et confortablement installé.

— Bonjour, JenIA.

— Bonjour Docteur, comment allez-vous ?

— Je me remets petit à petit, répondit Greg.

— Si je puis me permettre, Docteur, votre rétablissement irait plus vite si vous n'étiez pas si obstiné à vouloir revivre vos périples.

— Lancement Journal de Bord N°4, je te prie.

— Accès mémoire archive… Visiteurs ? Sur un ton qui laissait entrevoir que JenIA était vexée que son avis ne soit pas écouté.

— Synchronisation !

Journal de Bord N° 4

Greg suivait Farro. Ils étaient maintenant dans un tunnel souterrain, éclairé par la simple bougie que Mokina tenait dans sa main. Le petit groupe marchait à présent en file indienne avec toujours Kenino qui ouvrait la marche.

Arrivés à un embranchement, ils prirent à gauche puis au suivant à droite.

— Surtout, ne vous éloignez pas, dit Farro. Le Site B est volontairement très difficile d'accès.

Ils arrivèrent dans une salle ronde où plusieurs choix étaient possibles. Tout autour d'eux, différentes entrées de tunnels, identiques les unes aux autres.

— Astucieux, mais laquelle choisir ? interrogea Greg.

Pour réponse, Farro s'agenouilla, enleva les quelques traces de poussière qui cachaient le sol puis appuya fermement sur des pavés situés en face de lui, l'un en avant à droite puis en arrière à gauche, sur le côté droit, en avant à gauche et enfin au centre. Un cliquetis se fit entendre suivi d'un grondement et soudain le sol et les pavés se soulevèrent pour laisser apparaître un passage.

— Les tunnels ne sont là que pour faire diversion, dit Farro, en commençant leur descente, après avoir refermé le passage sur ce qui ressemblait à un escalier en fer gris.

Au fur et à mesure qu'ils descendaient, de la lumière commençait à apparaître.

Mokina souffla sur sa bougie et ils arrivèrent enfin au site B.

— Je vous présente le cœur d'Asdebaro, la cité de nos ancêtres, dit le responsable avec fierté, le site B.

Greg passa devant lui afin de pouvoir voir. Il en resta là, bouche ouverte. Devant lui, sous terre, une immense ville et au centre légèrement excentré un immense bâtiment aux vitres noires et aux barres de fers blanches.

Cependant, la ville était vieille et fatiguée et de toute évidence sans vie.

— Docteur, intervint JenIA, vous savez où vous êtes ?

— Je crois oui, cela me semble si familier et en même temps tellement différent.

— Vous êtes bien chez vous Docteur, ce que vous avez devant vous n'est que l'œuvre du temps qui passe.

— Stupéfiant... lâcha Greg.

Le petit groupe était maintenant dans les rues de la ville. Il y avait très peu de poussière et les rues étaient libres d'accès, mais le silence qui y régnait et l'absence de vie étaient oppressants.

— Il y a quelque chose qui ne va pas, intervint Greg .Il y a beaucoup trop d'incohérences avec mes souvenirs.

— C'est normal Docteur, vos souvenirs et l'actuel site B avant sa chute ont plusieurs siècles d'écart.

— Avant sa chute ?

— Après la « catastrophe » Garadrel, il ne fallut que dix ans pour que les civilisations s'éteignent. Mais bien avant cet épisode noir de notre histoire, cette ville était le centre de toutes les avancées technologiques mondiales. Le M.S.I avait atteint l'objectif fou de sauver la planète et l'humanité tout entière. Puis vint Garadrel, jeune surdoué, sorti des plus grandes écoles,

reconnu pour son génie et ses idées humaniste. Et aussi pour avoir fait aboutir certains travaux de ses pairs, dont vous faites partie.

— Et lequel de mes travaux a-t-il achevé ? demanda Greg piqué à vif.

— Je ne peux vous le dire Docteur, il ne faut pas que vous en sachiez trop.

Le petit groupe marchait dans la ville fantôme, Farro et Kenino en tête.

— Personne n'aurait pu prédire ce qui est arrivé, continua JenIA, mais ce que Garadrel inventa, propulsa le monde dans le chaos en une dizaine d'années.

Farro leva le bras, le groupe s'arrêta en silence.

Au coin de la rue, un drapeau flottait vieux et sale au-dessus d'une porte en fer avec pour emblème le signe du GPC.

Farro s'avança alors vers la porte et frappa une fois, un léger bruit se fit entendre puis deux yeux inspectèrent les visiteurs derrière une petite glissière.

— Attendez ! intervint Greg.

— Qu'est-ce qui vous prend ? demanda Farro.

Greg s'avança tremblant vers le mur à droite de la porte. Tout en posant une main sur le mur, il demanda :

— Qu'est-ce que c'est que ça ?

Greg s'écarta et on put voir dans le mur une sorte d'inscription gravée :

Michelson Albert

Schrodînger Erwin

Indiana

— Deux prix Nobel de physique et Indiana qui pourraient correspondre à énormément de choses, une gravure qui a toujours été là, répondit JenIA.

Greg avait le teint livide, il se retourna à nouveau pour regarder de plus près puis se releva d'un bon.

— Il n'y a pas de doute possible, je dois vous laisser.

Il partit en courant en laissant tout le monde sur place.

— Mokina tu rentres ! ordonna Farro, JenIA vous le suivez ?

— Je suis déjà avec lui, répondit-elle en disparaissant.

Greg courait dans les rues désertes, essayant de s'orienter.

— Est-ce que je peux vous aider Docteur ? JenIA venait d'apparaître à ses côtés.

— Il faut que je trouve… Greg ne termina pas sa phrase. Il se mit à sprinter toujours en boitant, entre deux bâtiments qui débouchaient sur un autre, fait de vitres noires et de barreaux blancs.

Il ralentit sa course afin d'observer ce bâtiment qu'il connaissait si bien. La structure en elle-même n'avait pas changé, mais les différences avec celui de ses souvenirs étaient flagrantes. La rue qu'ils avaient traversée lui était totalement inconnue.

— C'est comme si tout était resté dans son jus, dit Greg en regardant tout autour de lui, le bâtiment est-il alimenté ?

— Non, les principaux réseaux d'alimentation du site B sont coupés.

Il s'approcha des portes, posa ses mains et essaya de les ouvrir par la force, mais sans succès.

— Y a-t-il un moyen d'entrer ?

— Je suis désolée Docteur. Normalement, la plupart des bâtiments sont accessibles, mais celui-ci est clos.

— Tu peux m'expliquer s'il te plaît ?

— Garadrel a travaillé ici même.

— Et donc le bâtiment a été vidé et scellé, c'est à peu près ça ?

— Oui, à peu près, sauf que je n'ai pas eu le temps de le faire évacuer, répondit JenIA sur la défensive.

— Quoi ?

— À cette époque, je faisais déjà partie intégrante de la ville. Je gérais aussi bien la communauté que la M.S.I.

— Tu veux dire que tu as connu ce Garadrel ?

— J'ai absolument tout connu depuis que vous m'avez offert au monde.

— Mais alors tu sais ce qui s'est passé ?

— Malheureusement non. Pour une raison inconnue, cinq jours avant la débâcle, Garadrel me demanda de ne plus interférer avec lui ou son travail.

— Et tu ne t'es pas demandé pourquoi ?

JenIA ne répondit pas et continua d'avancer. Ils progressaient tous les deux autour du bâtiment essayant chaque entrée.

— Les conduits d'aération ? demanda Greg.

— Clos.

— les égouts ? insista Greg.

— Détruits.

— Il faut que je rentre, JenIA.

— Mais enfin Docteur, pourquoi cela ?

— Le message gravé sur le mur, répondit le Docteur dans ses pensées.

JenIA s'arrêta et le regarda, attendant certainement la suite. Après ces mots, Greg paraissait nerveux.

— Je ne suis sûr de rien, mais les trois noms ont un rapport direct avec moi.

JenIA ne bougeait plus et l'écoutait attentivement.

— Je n'aurais pas pu mener mes travaux à bien sans Schrödinger et Michelson.

— Et Indiana ?

— L'un de mes héros de mon enfance qui vivait des aventures incroyables au travers de films.

— Admettons... Mais pourquoi venir ici et vouloir rentrer dans la M.S.I ? essayait de comprendre JenIA.

— Parce que la gravure l'indique...

JenIA ne bougeait toujours pas, Greg continuait de regarder s'il y avait un moyen de pénétrer dans le bâtiment.

— Je sais que cela peut sembler fou, mais j'ai le sentiment que cette gravure m'est destinée.

JenIA disparut aussitôt, un bruit résonna dans toute la ville. On entendait maintenant un grondement sourd. C'était le courant électrique, la ville fantôme revenait à la vie après une très longue sieste.

Les vieilles enseignes de la rue clignotaient de nouveau, des rues éclairées par certains lampadaires encore en état. Puis dans une secousse tout s'éteignit et seulement la M.S.I, son infrastructure ainsi que son parc restèrent allumés.

— Dépêchez-vous, Docteur, dit la voix de JenIA.

Greg bifurqua et alla jusqu'à l'entrée. Il s'approcha de la porte, dans un grincement aigu, elle le laissa passer, puis tout redevint noir.

Contrairement aux rues de la ville, l'endroit était sale et poussiéreux.

— JenIA ? essaya Greg. Aucune réponse.

— Génial, ça sera donc à l'aveugle, dit-il pour se donner du courage.

Il faisait un noir complet, les pas du Docteur résonnaient, on pouvait entendre l'une de ses mains qui frottait l'un des murs.

Un bruit de poignée, une porte qui s'ouvre, puis une autre, des pas dans un escalier.

Greg toussa, sûrement à cause de la poussière omniprésente.

Visiteur 3.4/Aujourd'hui

Vu le temps qu'il mettait dans ces escaliers, Jen demanda :

— Tu descends au niveau F, n'est-ce pas ?

— Oui, heureusement l'infrastructure n'avait pas changé.

Journal de Bord N°4

Le Docteur arriva et poussa une porte, le bruit résonna tout autour de lui. Ces pas résonnèrent encore puis on put entendre qu'il essayait d'ouvrir une porte sans succès. La claustrophobie devait certainement le gagner, car sa respiration se faisait plus intense, il respirait fort et plus vite.

Les bruits de coups étaient plus forts, Greg devait certainement vouloir défoncer la porte.

— Allez ! ouvre-toi, insista-t-il, mais qu'est-ce que...

Tout s'arrêta, des bruits de frottement résonnaient maintenant.

Greg marmonnait et on entendait qu'il frottait de sa main :

— S...

— A...

— L...

— L...

— E...

— E...

— X...

— P...

— O...

Lorsqu'il eut fini, il reprit sa marche. Au bout de quelques minutes, un son de porte qui grince et un autre sourd, quelques pas, une main sur une poignée de porte, un bruit de grincement, et d'un coup, un flash blanc et lumineux accompagné d'une légère détonation.

— C'est pas vrai ! hurla Greg de douleur et de surprise.

Mais grâce à ce flash, il avait eu le temps de voir une partie de la salle d'exposition et du coin de l'œil un générateur.

À tâtons, il s'en approcha on entendait plusieurs cliquetis, puis le ronflement du moteur se mit en marche avec peine. Peu à peu, une lumière sur un bureau prit vie non loin de lui et agita un nuage de saleté. Greg le reconnut immédiatement, c'était le sien. Sauf qu'il était vieux et mal en point, il s'approcha de la petite lumière, il n'y avait rien sur le bureau. Greg soulagé de ne plus être dans le noir, réfléchissait à voix haute.

— Si c'est bien mon bureau, alors la personne qui l'a mis là connaît ses secrets, marmonna-t-il en faisant le tour.

Le docteur très délicatement, tira le tiroir de droite, s'arrêta à la moitié, puis il tira celui du dessous complètement. Il plongea la main dans le premier tiroir, exerça une pression et le fond se souleva, ce qui donna accès au tiroir du dessous et à son compartiment secret. Il trouva son boîtier noir avec ses deux écrans. En face de lui sur le rebord, deux gravures en bois se faisaient face en parfaite symétrie, il les écarta avec ses pouces, un tiroir secret en jaillit, avec toujours son nuage de poussière. C'était la carte mémoire en film protecteur.

Sauf que celle-ci était légèrement différente que dans ses souvenirs.

Dès qu'elle fut dans ses mains, la carte mémoire s'alluma, avec un texte au milieu :

Localisation… reconnaissance… connexion box…

Le disque dur s'alluma d'un coup, d'une intense lumière blanche ; surpris, Greg le laissa tomber sur le bureau.

Puis elle projeta au-dessus du bureau une image qui disait « Lecture ? ».

— Lecture ? répéta-t-il sonné.

Une image apparut, cela ressemblait à un enregistrement vidéo, on pouvait voir des personnes courir, hurler, cela ressemblait à une scène apocalyptique. Et le tout se passait dans cette même salle d'exposition.

Par surprise, sur la vidéo, le Docteur apparut, alors que tout autour de lui indiquait une catastrophe imminente, il s'assit et regarda droit vers Greg anormalement calme.

— Bonjour, si tu regardes cette vidéo c'est que j'ai réussi à te faire descendre jusqu'ici, commença-t-il. Mon histoire est la même que la tienne jusqu'à ce que tu trouves le message gravé dans le mur.

Tu dois faire ce que je te dis ! Tu dois absolument éviter toutes les erreurs que j'ai commises ! Greg, on peut tous les sauver ! Tu vas devoir suivre absolument toutes les instructions que j'ai enregistrées ici. Avec mon aide... le Docteur de la vidéo marqua une légère pause.

— Et celle du Docteur Garadrel.

À l'annonce de son nom, celui-ci apparut.

— Bonjour, dit-il l'air grave. Nous avons des choses à nous dire.

Visiteur 3.4/Aujourd'hui

— Mais je croyais que Garadrel venait de l'an 2641 ? coupa Jen sous le choc.

— Oui, tu as raison, répondit Greg, ce que tu vois n'est autre que ma prochaine destination…

Remerciements

Je tiens à remercier toutes les personnes qui ont cru en mon projet un peu fou.

En effet, rien ne pouvait me destiner à créer ces romans. Je ne me considère pas comme un écrivain ou un auteur à proprement parlé, je me considère simplement, extrêmement chanceux. J'ai pu évoluer et mûrir dans un environnement propice à la création. Mon père est un artiste, musicien-épicurien, qui m'a ouvert à toutes formes d'arts et de lecture.

Merci à lui, « Silvio », pour m'avoir fait découvrir les films « Retour vers le futur » et « Indiana Jones » dès mon plus jeune âge.

Dans ces envolées de rêves et de tête dans les étoiles, je remercie ma mère, « Myriam », pour avoir été à mes côtés et accompagné en sachant me faire redescendre sur terre quand il le fallait.

Je remercie mon petit frère, « Raphaël », qui est, pour moi, le vrai artiste de nous deux. Bien que nous ayons des visions très différentes, ses conseils sont toujours percutants.

Je remercie mon professeur de français de l'époque, M. Whitney, pour avoir un jour demandé ce sujet de rédaction.

Il m'a fallu des années pour créer ce tome. Aussi, je tiens à remercier toutes les personnes qui m'ont aidé et conseillé :

Chrystelle et Sarah Croizet, Valérie Martin, Marion Pascaud et Nancy Coquenet.

Je remercie celles et ceux qui ont cru en mon histoire dès le début.

Merci à tous ceux qui ont travaillé sur ce projet, sans qui il n’aurait pas vu le jour.

Imprimé en France
Achevé d'imprimer en novembre 2022
Dépôt légal : août 2022

Pour

Le Lys Bleu Éditions
40, rue du Louvre
75001 Paris